AF284074

Corinne Maiocchi
(feat. König Kimi)

Der Birshammerhai und andere Flussgeschichten

Verliebte Fische, stille Wassermänner und tapfere
Sündenböcke…

Von ihnen und vielen andern erzählen die Flussfrau
und der König im Duett. Wer sich auf diese zarten und
liebevollen Geschichten rund um den Fluss einlässt,
dem öffnet sich das Herz, versprochen!

Erste Auflage

© 2020 Corinne Maiocchi, www.corinnemaiocchi.ch

Coverfoto

Dagmar Sens-Kirchenbauer

Covergestaltung

Tiziano Selva / Stefan Reber

Herstellung und Verlag

BoD – Books on Demand, Norderstedt (D)

ISBN 978-3-7526-0857-1

Für meine geliebten
Wassermänner

Kapitel

1.   Watership down

«Unten am Fluss» von Richard Adams

«Der kleine Wassermann» von Ottfried Preussler

«Der Lauf des Wassers» von Alan Watts

Gelesen, verschlungen und geliebt. Zwei Kinderbücher und eine Einführung in den Taoismus. Standardwerke einer jeden gemeinen Flussfrau.

Und sind somit bereits verstaut in den Kisten. Obwohl die Selektion diesmal hart war. Viele Bücher haben's nicht geschafft. Nicht mehr. Wurden aussortiert. Nach Jahren und Jahrzehnten. Weils Zeit war. Und weil der Platz weniger wird an der neuen Adresse.

Direkt am Fluss.

Seit langer Zeit gehegter Traum.

Keine Strasse, kein Haus, kein Garnichts verstellt uns mehr die Sicht. Auf unser geliebtes Gewässer. Die Birs und wir. Von morgens bis abends. Frühling, Sommer, Herbst und Winter.

Unglaublich.

Wünsche haben tatsächlich die Tendenz in Erfüllung

zu gehn.

Obwohl ich keine Bestellungen beim Universum aufgebe.

Und kann es noch immer nicht recht fassen.

Mit dem grossen Glück verhält es sich wie mit dem grossen Unglück.

Man braucht Zeit um es zu begreifen.

Werden somit wohl noch ein Weilchen staunen.

Über diese freudige Fügung, die uns unserm Bach so nahe bringt.

Unten am Fluss.

Watership Down.

Da werde ich alt werden, hoffentlich.

Und nie mehr wegziehen, zumindest nicht freiwillig.

Aus dem kleinen, verwunschenen Daheim am fliessenden Wasser.

2.   Gelandet

Es waren mindestens zweitausend Kisten. Alles in allem. Der grosse Wassermann meint, das sei mal wieder völlig übertrieben. Egal. Angefühlt hat es sich wie zweitausend Stück. Oder auch mehr. Der kleine Wassermann geht mit der Flussfrau einig: Es waren auf jeden Fall Berge von Kisten, hohe Berge, puh, was für ein Krampf so eine Züglete.

Aber jetzt sind sie alle ausgepackt und somit Geschichte. Und wir haben uns eingelebt und eingenistet. Genüsslich Stück für Stück die Räume erobert. Und haben tatsächlich für jedes wichtige und unwichtige Teil einen passenden Platz gefunden. Unglaublich, was der Mensch alles hortet. Und mit sich herumschleppt. Zum Glück nun unwichtig. Denn uns geht das nichts mehr an, wir packen, wie gesagt, keine Kisten mehr. Nicht in diesem Leben.

Wir sind angekommen. Am Fluss und mitten im Grünen. Haben jetzt eine eigene Hausspinne, Kleopatra heisst sie. Und ein namenloses Büsi, welches dreimal täglich zum Fenster rein mauzt. Sind von Weiden umgeben und von Licht und Sonne. Und frischer Luft. Und Nachbarn, die dem Fluss guten Tag und gute Nacht sagen. Wie wir.

Der kleine Wassermann meinte gestern, das sei hier wie im Paradies. Und hat natürlich recht. Während sich die Flussfrau kneift. Immer und immer wieder. Um sicher zu gehn, dass sie nicht träumt. Sondern wach und wahrhaftig unten am Fluss gelandet ist.

3. Wasserlinie

Kommt mir als erstes in den Sinn, wenn ich auf der Redingbrücke stehe. Auch wenn keine Schiffe die Birs hinunterfahren. Zumindest keine grossen. Gummiboote manchmal. Aber nur im Sommer. Beladen mit abenteuerlustigen Jugendlichen. Oder Luftmatratzen und Autoreifen. Bestückt mit staunenden Kindern. Auch leere Bierflaschen schwimmen zu fast jeder Jahreszeit zahlreich Richtung Rhein. Und… der Birshammerhai natürlich. Dieses furchteinflössende Geschöpf, wird jeweils in den Monaten Juli und August des Nachts gesichtet. Zwischen Redingbrücke und Birsstegweg. Das zumindest wird von Flussfreaks hartnäckig beteuert. Wissenschaftlich erwiesen ist jedoch nichts. Im Gegenteil. Böse Zungen behaupten, der Hai sei frei erfunden wie das Nessi, und die selbsternannten Zeugen stünden jeweils unter grappäischem Einfluss. Wie dem auch immer sei.

Die Enten im Lauf des Flusses kennt dann wieder jeder. Wie die Wintermöwen auch. Ebenso die Reiher und die Ratten, die im und ums Wasser auszumachen sind. Und die Taucherli natürlich, Kopf und Rumpf fast immer im Nass verborgen.

Nur auf die ganz grossen Schiffe, auf die mit der Wasserlinie, wartet man vergebens. Kein Wunder bei diesem Bächli. Meinen einige etwas abschätzig. Die aber haben nichts begriffen. Denn das Bächli lockt die ganz grossen Gefühle. Obwohl es klein ist. Steht man auf der Redingbrücke, steht man am Tor zur Welt. Das geht auch ohne Frachter, Kreuzfahrtschiffe und Fähren.

Freiheit, Weite, Aufbruch. Wie in Hamburg, Rotterdam, Genova. Kein Vergleich zu hoch gegriffen. Zumindest nicht mir.

Das Herz weit. Die Seele fliegend. Wie die Möwen. Ohne Ziel. Einfach Sein. Und alles möglich.

Lieber Fluss, für all dies sei dir von Herzen gedankt!

4. Frühling im Flussbau

Und dann war der Lenz plötzlich da.

Früh zwar, aber wer beklagt sich schon über einen frühen Frühling?

Die Weiden ums Haus grünen, die Osterglocken in der Birsmatte öffnen sich, und unsere blassen Gesichter ergattern sich einen Hauch von Farbe. Die Möwen sind vor ein paar Tagen nach Russland zurückgekehrt. Schade eigentlich, dass sie den Sommer nicht mit uns teilen. Dafür hat der grosse Wassermann gestern den Grill angeworfen und der kleine Wassermann macht seine Hausaufgaben seit Neustem auf der Gartenliege.

Und ich stehe zweitausend Mal täglich vor unserm Bau. Schaue auf den Fluss und kann nicht aufhören zu staunen. Lass es gut sein, endlich! Sag ich mir. Irgendwann sollte man sich doch auch an diesen Zustand von Glück gewöhnen. Ihn als Alltag empfinden und den Zauber ziehen lassen. Zusammen mit den Möwen.

Doch nichts dergleichen. Vielleicht liegt's am Wasser, das immer in Bewegung ist. Vielleicht am zunehmenden Alter der Flussfrau. Und der wachsenden

Sentimentalität. Wer weiss. Jeder Morgen ist voller Verheissung und ich kann mich nicht sattsehen und nicht sattriechen an all den lauen Launen der Natur.

Und erinnere mich zwischendurch, dass da noch ein anderer Samen keimt. Tag für Tag grösser wird und wächst. Und zusammen mit unserer Vorfreude und Aufregung reift...

Aber halt, keine Eile! Wie wir wissen, wächst das Gras, während wir stillsitzen, von allein (nicht von mir, aber von Buddha). Und so lassen wir es noch ein bisschen spriessen, und melde mich wieder, wenn das neue Abenteuer beginnt…

5. Date mit Mark Knopfler

Das geht nun schon seit über dreissig Jahren so mit uns.

Damals war ich siebzehn. Die Klassenreise war eine Katastrophe und La Grande Motte war es ebenso. Hoffnungslos verschandelt schon vor drei Jahrzehnten, ein bauliches Verbrechen an das nächste gereiht. Die Strände aber waren eine Offenbarung. Vor allem im Oktober, kein Mensch mehr da, ausser uns.

Wir gingen ohne Ziel und Richtung. Einfach immer geradeaus. Die Vorderste hatte den Ghettoblaster geschultert. Eros Ramazzotti, adesso tu. Ja, das hörten wir zu jener Zeit und wir hörten es mit Hingabe. Irgendwann wechselte jemand unter grossem Protest das Tape. Und was dann kam, war Liebe auf den ersten Klang. Zumindest für mich. Un colpo di fulmine, wie Eros sagen würde, aber dem hörte ja längst niemand mehr zu.

Da war diese Gitarre, und plötzlich erstarb das Backfischgeschnatter. Weil alle lauschten. Und Eros vergassen. In einer einzigen Sekunde. Träumten. Abhoben. In unbekannte Welten abtauchten. Und dabei hatten wir weder gekifft noch getrunken. Nur die nackten Füsse im Sand, dann und wann von einer Welle umspielt.

Dire Straits. So hiessen die Magier, und der Ober-
zauberer war Mark Knopfler.

Nach der Reise hab ich mir als erstes die Platte gekauft.
Später die CDs. Eine nach der andern. Jedes Mal ein
Fest. Und Song für Song mehr Kitt. Wie in einer
althergebrachten Ehe.

Seit jenem Tag in La Grande Motte habe ich
mindestens hundert Mal meinen Wohnort gewechselt.
Ein dutzend Mal meine Vorlieben.

Einige Male gar meine grosse Liebe.

Mark aber ist geblieben.

Ist sozusagen meine immerwährende Liebe geworden.

So verlässlich wie Ebbe und Flut.

Weil das einfach passt. Mit uns. Und wir zusammen
älter werden. Genussvoll. Eine unkomplizierte
Beziehung führend: Er spielt Gitarre und ich bin davon
hingerissen. Und dazwischen macht jeder, was er will.

Morgen treffen wir uns wieder. Auf der Piazza von
Locarno. Nach sechs Jahren Pause. Romeo and Juliet.
Wir werden uns blind verstehen wie immer. Obwohl
das nicht mein Lieblingssong von ihm ist. Schon eher
Tunnel of Love. Oder Telegraph Road. Wobei gerade
Waterline mich auch immer und immer wieder aufs

Tiefste berührt.

Das Wasser, Mark und ich.

Da ist das letzte Kapitel noch nicht geschrieben.

6. Knut von der Birchmatt

zog am 29. März mit seinem edlen Köfferchen in unsern Flussbau. Da war sie also, die Frucht des keimenden Samens.

Als Sohn von Dragonheart Gigi und Lucky from Jucar ist Knut ein veritabler Blaublüter. Zum Glück ist er trotz Adelstitel ein bodenständiger Typ, und so nennen wir ihn, unsern bescheidenen Gepflogenheiten entsprechend, kurz und bündig Kimi. Überhaupt ist der Herrschaftliche von der Birchmatt ein Naturbursche, der sich um Titel und entsprechende Manieren nicht schert. Sein Element ist das Flussufer, welches er mit Vorliebe umgräbt, bis die edlen, weissen Pfoten schwarz sind vor Dreck. Und seine Leibspeise ist die gemeine Bellwurst, dafür lässt er gar den grössten Tunnelbau stehn und liegen und steht in Rekordzeit bei Fuss. Der grosse Wassermann sagt, er sei mindestens so schnell wie sein berühmter Namensvetter Kimi Raikkönen. Und der kleine Wassermann findet, er komme so flink und leichtfüssig daher wie das Rennschwein Rudi Rüssel.

Das sind natürlich ziemlich hochtrabende Vergleiche, wenn man bedenkt, dass Kimi momentan eine Schulterhöhe von gerade mal zehn Zentimetern misst und dabei ganze neun Wochen alt ist. Und natürlich so putzig und knuffig ist, dass man alles andere vergisst und vernachlässigt: Haushalt, Schreibstube, einfach alles, ja manchmal gar den eigenen, kleinen Wassermann. Dafür den ganzen Tag auf dem Boden sitzt und spielt und schmust. Oder eben mit dem Winzling dem Fluss entlang geht. Wo Kimi täglich neue Bekanntschaften schliesst. Bobby, Trolly, Zucki, Pinky. Unglaublich wie viele verschiedene Fellnasen es gibt. Grösser als Kimi sind sie allesamt. Einige sogar ziemlich viel. Aber Kimi ist das egal. Jeder Hund sein Freund und wird in aufrechter Haltung begrüsst. Womit einmal mehr bewiesen wär, dass mentale Grösse wahre Grösse ist. Was den burschikosen Winzling schlussendlich doch wieder adelt.

Und so ist mit Kimi auch die Heiterkeit zu uns in die Flussstube gezogen. Ein Sonnenstrahl von morgens bis abends. Willkommen Kimi, Lebenskünstler und Charmeur! Jetzt ist die Flussfamilie komplett.

7. Kimi von der Birs
(Ein König Kimi-Blog)

Als Knut von der Birchmatt bin ich vor vier Wochen aus dem Schlosshof Dangern ausgezogen und als Kimi von der Birs im Flussbau gelandet. Einige Spaziergänger hier nennen mich auch König Kimi oder Schnüggel von der Birs. Mir gefallen alle Titel. Und ich gefalle allen Menschen. «Jö, nei», «so siess», «ühh, putiput», «ei isch dä härzig!»

Die meisten Zweibeiner kommen völlig aus dem Häuschen, wenn sie mich sehen. Wollen mich knuddeln, streicheln, knutschen. In ihre Taschen packen, mitnehmen, gar stehlen oder der Flussfrau auf der Stelle abkaufen. So hat sie letzte Woche mit der Züchterin von der Birchmatt telefoniert und hundert Kimis nachbestellt. Mit diesem Modell machen wir den grossen Reibach, hat sie gesagt, und dann konnten beide nicht mehr aufhören zu lachen. Ein typischer Menschenwitz halt.

Meine neuen Ländereien an der Birs sind allerdings ausserordentlich herrschaftlich: Geht man nach dem Tor des Flussbaus nach rechts, kann man bis zur Mündung des kleinen Flusses in den grossen Strom laufen. Dort hat es Steine und Sandbänke und seit neustem auch einen langen Tunnel. Er geht noch nicht ganz bis China. Aber bis zum Herbst bin ich locker durch.

Biegt man jedoch vom Flussbau aus nach links ab, geht man unglaublich lange, bis man zum Ende der Welt kommt. Das Ende der Welt heisst «Crazy Horse Bar». Das dachte ich zumindest bis vor einigen Tagen, weil ich immer völlig erledigt war, bis wir dort ankamen. Keinen einzigen Schritt konnte ich mehr tun, so dass mich der grosse Wassermann dann jeweils nach Hause zurücktragen musste. Aber seit Kurzem bin ich, wenn wir bei der Bar ankommen, noch fit und habe gesehen und gerochen, dass der Flussweg dahinter tatsächlich weitergeht. Viel, viel weiter. Selbstverständlich werde ich die Fortsetzung des Endes der Welt raschmöglichst erkunden.

Als adliger Freigeist geh ich immer ohne Leine. Na ja, fast immer. Vor einigen Tagen lag eine herrliche Bratwurst auf einem Grill. So wie die dalag, war sie selbstverständlich für mich bestimmt. Flink, schnell und höflich wie ich bin, hab ich die Wurst nicht lange warten lassen. Schön warm war sie und knusprig. Und obwohl sie doch ganz offensichtlich meine Wurst war, hatte die Flussfrau ganz entschieden etwas dagegen, dass ich sie frass. Das war unschwer aus ihrem erbosten «Nein» zu erkennen. Zudem hat sie sich anschliessend sehr ausführlich bei der Bratwurstfrau entschuldigt. Und mich danach, ja eben so ein Mist, an die Leine genommen. Das war schade, denn weiter vorne gab's noch mehr Grilladen und ich hätte mir zu gerne noch das eine oder andere Häppchen gegönnt. Geschmeckt hat die eine Wurst aber super. Die war bestimmt von Bell, hundert Pro. Die nächste Gelegenheit kommt sicher bald, bin gespannt wer dann schneller ist, die Flussfrau oder ich. Ein heisser Tipp: Setzt vertrauensvoll auf mich!

Freunde hab ich übrigens auch schon viele. Gestern habe ich mit einem Mastiff gespielt, und dabei wurde meine Flussfrau ganz steif und starr, und der kleine Wassermann fragte: «Mama, geht das gut aus?» Und die Flussfrau antwortete, «mein lieber Sohn, ich habe keine Ahnung.» Da hat der Herr Mastiff seinen Hund zu sich gerufen und gesagt: «Mach mal toter Hund, Kleiner!» Und dann fiel mein Freund auf den Rücken und bewegte sich nicht mehr. Das war natürlich meine grosse Chance. Ich stürzte mich – Attacke! - auf seinen Bauch, leckte ihm das Gesicht und biss ihn zur Feier der Übung kräftig ins Ohr. Da vergass der Mastiff wohl, dass er tot war, und leckte mich ebenfalls von Kopf bis Fuss ab. Zum Glück verzichtete er auf den abschliessenden Biss. Denn so aus der Nähe betrachtet, war seine Schnauze wirklich eindrücklich. Beim nächsten Treffen werd ich den Ohrbiss wohl besser auslassen.

Ja, und dann gibt es da noch Xira, meine hübsche, feine Zwergschnauzerfreundin. Mit ihr spiele ich am liebsten, und mit ihr zusammen stehle ich noch ganz andere Dinge als Grillwürste...

Na, neugierig geworden? Sehr gut! Bis bald!

Euer König Kimi, Schrecken aller Flussfleischwaren

8. Flussflegel
(Ein König Kimi-Blog)

Ein Hund von imposanter Grösse war ich schon immer. Die letzten Wochen aber geschieht mir wahrlich Triumphales: Ich hebe jetzt beim Pinkeln das Bein, rechtwinklig, schwungvoll und formvollendet und bin somit ab sofort ein richtiger Rüde und an der Birs endgültig der Grösste.

Wer als König geboren ist, ist zum Chef bestimmt. Das lass ich jetzt Hinz und Kunz auch wissen, zur Not mit viel Gebell und Radau. Die Flussfrau legt dieser Tage des öftern die Stirn in Falten und meint: «Jetzt ist unser Winzling endgültig vom Grössenwahn befallen», und der grosse Wassermann schmunzelt und sagt: «Dem wird wohl demnächst einer «d'Hüehner iitue».

Nun, bis jetzt bin ich hier am Fluss noch keinem Huhn begegnet. Dafür einem Pitbull, der es wagte, sich meinem Ball zu nähern. Ok, er war noch ein halbes Baby und ich war wohl etwas rabiat. Auf jeden Fall hat Frau Pitbull geschrien: «Hilfe, Hilfe, nehmen sie ihr Monster an die Leine», und die Flussfrau hat zurück gegeifert: «Mein Kimi ist kein Monster, jetzt machen Sie mal halblang!» Und hat dabei versucht, mich anzuleinen, was selbstverständlich misslang, weil ich im Zweifelsfall

27

immer der Schnellere bin. Und so gabs im Nu ein grosses Gebrüll und ein wildes Gefuchtel und überhaupt das totale Tohuwabohu.

Und als der Kampf beendet, der Ball verteidigt und ich (doch irgendwie) an der Leine gelandet war, hat Frau Pitbull geschnaubt, sie gehe halt in die Hundeschule, damit sie wisse, wie man sich in solchen Situationen zu verhalten habe. Und meine Flussfrau hat geknurrt, sie frage sich grade, was das für eine Schule sei, in der man lerne, die Hunde im Kampf schreiend anzufeuern und so eine seltsame Penne sei wohl eher für die Füchse als für den Hund. Und dann haben wir zwei im Gleichschritt und erhobenen Hauptes das Kampffeld verlassen.

Danach aber war meine Flussfrau ganz geknickt und erzählte am Abend ihren Wassermännern, ich hätte beinahe einen Pitbull gefressen. Die Wassermänner blinzelten sich beipflichtend zu und versuchten anschliessend, die Flussfrau zu trösten. Der kleine Wassermann hat mich gar mit seinem Lineal vermessen, und gesagt, ich sei jetzt ganze dreissig Zentimeter hoch, und das reiche nie und nimmer, um einen Pitbull zu verspeisen, noch nicht mal in der allergrössten Wut.

Das bestätigte am Tag darauf auch unsere Hundetrainerin und beruhigte meine Flussfrau mit den Worten: «Er ist ein Terrier und er macht keine halben Sachen. Sie wissen, was zu tun ist.»

Seither bleibt der Ball zu Hause. Schade eigentlich, ich fand das Verteidigungsmanöver ganz amüsant. So eine kleine Rauferei ab und zu ist doch nicht zu verachten. Chef des Flusses bleib ich aber allemal. Und das Huhn, das daran etwas ändert, scheint weiterhin verschollen. Sollte es wider Erwarten noch auftauchen, werdet ihr es als Erste erfahren!

Es grüsst

Euer Chef Kimi

9. Romeo and Juliet
(Ein König Kimi-Blog)

Die Ereignisse überschlagen sich hier unten am Fluss! Eigentlich wollte ich heute Abend ja unbedingt «Die Bratwurst, zweiter Akt» verfassen. Aber nun ist mir etwas dazwischengekommen, was wichtiger und wohl-duftender ist, als jede noch so knusprig gebratene Wurst.

Liebe Freunde, ihr habt es längst erfasst, hier handelt es sich um eine äusserst gewichtige Kiste. Und natür-lich befindet sich in dieser Kiste, wie könnte es anders sein, ein wundervoll weiches, weibliches Wesen:

Xira heisst die Schöne (genau, das ist die Zwerg-schnauzerin, von der ich euch schon erzählt habe). Und toll, nein, super toll fand ich sie seit unserer ersten Begegnung. Sie ist so flink, freundlich und flauschig. Und sie hat von allen Birshunden die hübschesten Öhrchen, die graziös im Wind fliegen, wenn sie auf mich zurennt. Zudem riecht sie so gut, dass ich meine Nase einfach nicht von ihr lassen kann.

Xira wohnt ebenfalls am Fluss. In einem Turm, ganz in der Nähe von unserm Bau. Von dort aus hat sie -

hoheitsvoll auf einem Stuhl sitzend - die ganze Gegend unter Kontrolle. Sobald ich mit meinem Rudel unter ihrem Fenster durchgehe, fängt sie wie wild an zu bellen. Dann weiss ihre Zweibeinerin: Aha, es ist Zeit für die Spätpatrouille! Somit sind wir abends jeweils ein richtig tolles Rudel: Xira und ich rennen als Späher voraus und unsere Zweibeiner hinken in ihrem Schnekkentempo als Nachhut hinterher.

Gestern dann, als Xira für den Abendspaziergang bereitstand, wurde mein Herz so wohlig warm, dass ich gar nicht mehr von ihrer Seite weichen wollte. Und sie ganz offensichtlich nicht von meiner. Wir teilen uns sogar einen Birsstecken, als gäb's nur einen einzigen am ganzen Fluss. Und danach still und heimlich noch ein vergessenes und in den Weiden vor sich hin gammelndes Kotelett. (Bitte behaltet das mit dem Fleisch für euch, die Nachhut hat nämlich nichts davon bemerkt und schlafende Menschen soll man bekanntlich nicht wecken.)

Ja, Xira ist eine echte und edle Flussprinzessin. Und jetzt weiss ich mit Bestimmtheit: Sie ist meine Prinzessin! Romeo und Julia und Kimi und Xira. Und da dies eine offizielle Neufassung der uralten Geschichte ist, gibt es ab sofort auch die Hoffnung auf ein glückliches Ende.

In diesem Sinne with a lot of love, Euer King Kimi

10. Jetzt redet die Flussfrau

Seit mein Hund hier in die Tasten haut und meinen Blog annektiert hat, komm ich überhaupt nicht mehr zu Wort. Und dabei ist dies ursprünglich ein Flussfrauenblog. Sprich, mein Blog. Und nicht König Kimis Blog. Aber eben. Auch die Besucherzahlen sprechen eine andere Sprache. Und sie sprechen für den König: Mobilisiert doch der Herzschleicher locker zehnmal mehr Leser pro Geschichte als ich.

Aber nein, ich bin nicht eifersüchtig. Ganz und gar nicht. Es lässt mich völlig kalt, dass des Königs Schreibe ganz offensichtlich viel besser ankommt als meine. Wie könnte ich dem Winzling seinen Erfolg auch neiden? Soviel Unmenschlichkeit kann man sich als Zweibeiner doch überhaupt nicht erlauben einem so süssen Hündchen gegenüber. Da macht man sich ja vollends unbeliebt und kassiert womöglich den Shitstorm seines Lebens.

Und dabei schreibt der Abräumer gerade mal seit ein paar Wochen. Und das erst noch nur so nebenbei. Kommt vom Spaziergang heim, zerlegt seinen Knochen, pennt ausgiebig und verfasst danach ganz locker einen Blog. Und ich rackere mich ab in meiner Schreibstube, sitze, brüte, ringe nach Worten. Seit Jahren, stundenlang und regelmässig und alles andere als nebenbei. Und doch sind meine Texte nicht halb so spannend, wie die von diesem Idefix, ganz offensichtlich.

Dabei hätte ich wirklich Aufregendes zu erzählen, ganz unglaublich nämlich, was hier unten am Fluss grad abgeht! Wenn ihr wüsstet! Es hat mit dem Birshammerhai zu tun. Und damit, dass wir ihn gesehen haben, die Wassermänner und ich. Nein, es war nicht sein Double, es war der echte. Kein Märchen, ehrlich, ich schwör's und nüchtern waren wir auch.

Aber das interessiert hier ja niemanden, wie wir jetzt wissen. Weil alle lieber Kimi Krimis lesen, gället!

Jä nu, jedem Tierchen sein Plaisierchen, dann behalte ich die Story mit dem Hai halt für mich...

11. Es war einmal...
(Eine wahre Birs-Legende)

...vor langer, langer Zeit ein grosser, gruseliger Hai. Der lebte in den wilden Meeren zu Rotterdam, und weil er so gross und gruselig war, hatten alle andern Fische Angst vor ihm. Aus lauter Einsamkeit schwamm der Hai eines Abends in die berühmte Haifischbar und trank dort ordentlich einen über den Durst. Und während er so planschte und trank, konnte er seine Glubschaugen nicht von der heissen Hilde lassen, die ihren Fischschwanz so anmutig um die Stange schlang, dass er sich nach dem siebten Bier vollends, unendlich und für alle Zeiten in sie verliebte hatte.

Und als sie sich nach getaner Arbeit zu ihm treiben liess und sie zusammen noch etwas weitertranken, verliebte sich auch Hilde tief, aufrichtig und für einen ganzen Abend lang in ihn. Und so geschah es, dass sie beschlossen, Rhein aufwärts in eine gemeinsame Zukunft zu schwimmen. Sie schwammen und schwammen, bis der Schlaf sie überfischte. Und als der grosse, gruslige und jetzt auch glückliche Hai am Morgen erwachte, hatte er einen gewaltigen Kater und seine Geliebte war verschwunden.

Bestimmt ist meine Liebste flussaufwärts vorausgeeilt, beruhigte er sich, und machte sich auf, sie wieder einzuholen. Doch wie weit er auch gen Süden weiterreiste, die Schöne blieb verschwunden. Erst als der Hai völlig entkräftet beim Hotel Drei König vorbeischwamm, dämmerte ihm, dass seine Hilde ihn vielleicht verlassen haben könnte. Da kamen dem Fisch so grosse Tränen, dass er nichts mehr sehen konnte und beim Birsköpfli versehentlich in die Birs einbog.

Und so schwamm er das Flüsschen hoch Richtung Quelle, verzweifelt, entkräftet und mit gebrochenem Herzen, bis für seinen grossen Körper kein Durchkommen mehr war und er, auf dem Rücken liegend, seine letzten Schwimmzüge tat...

Sein Geist aber hört bis heute nicht auf, nach seiner Liebsten zu suchen. Und so schwimmt er jedes Jahr zur heissen Jahreszeit, wenn der Mond rund ist und die Turmuhr zwölf schlägt, Richtung Birsköpfli und von dort aus direkt in die Bar in Rotterdam. In welcher er sich Jahr für Jahr sieben Biere genehmigt und vergebens auf seine Hilde wartet.

Aber nur die zarten, leisen und geduldigen Menschenseelen können ihn auf seiner Reise beobachten. Für alle anderen bleibt er unsichtbar und sein Geheimnis für immer verborgen.

Dieses Dokument ist durch eine glückliche Fügung in die Hände der Flussfrau gelangt, und hiermit erstmals der breiten Öffentlichkeit zugänglich...Also ihr zarten Seelen, zweifelt nicht an eurer Wahrnehmung, sondern setzt euch weiterhin an den Fluss, lasst eure Füsse vom Wasser umspielen und eurer Fantasie derweil Flügel wachsen!

12. Schnipp Schnapp
(Ein König Kimi-Blog)

Schlussendlich ist das Huhn doch noch aufgetaucht.

Es kam in Gestalt des schönen Tims daher. Der schöne Tim ist mein Tierarzt und schön findet ihn vor allem die Flussfrau. Das sagt sie natürlich nicht laut, zumindest nicht, wenn der grosse Wassermann zu Hause ist. Ich weiss es aber trotzdem, denn es ist unschwer an ihrem Blick zu erkennen, wenn ihr der schöne Tim begegnet. Sie schaut dann so drein wie Xira, wenn sie mich zwei Tage lang nicht gesehen hat. Ein wenig verlegen und ein bisschen verwegen, ach Freunde, ihr wisst schon, was ich meine.

Aber zurück zum Huhn. Ich fand den schönen Tim bis jetzt ja vor allem nett. Nach dem Vorfall vor ein paar Wochen aber, bin ich mir da nicht mehr so sicher. Dass er mich gern mal pikst mit seinen langen Nadeln, ist nichts Neues und erschreckt keinen echten Parson Russell Terrier. Zudem sind die Güdis, mit denen er mich hinterher zur Versöhnung ködert, einfach zu verführerisch, als dass ich ihm lange etwas nachtragen könnte.

An jenem Tag aber stimmte mit seiner Nadel etwas nicht. Ich wurde schrecklich müde nach dem Piks, so hundemüde, wie ich es in meinem ganzen Leben noch nie gewesen war. Und dann schlief ich ein, träumte von wilden Bratwürsten und zärtlichen Bulldoggen, und wie ich wieder aufwachte, lag ich noch immer in der Praxis und hatte einen mordsmässigen Brummschädel. Und – was wesentlich besorgniserregender war – ich steckte in einem grünen Pyjama. Ja, ihr habt richtig gelesen: Sie haben mir, Knut von der Birchmatt und König Kimi von der Birs, einen Body angezogen. Und der schöne Tim streichelte mich aufmunternd und sagte, «na du grüner Schlumpf, bist du wieder unter den Lebenden, wie schön!»

Und dann haben mich die Flussfrau und der kleine Wassermann nach Hause getragen, mich ohne Ende geherzt und mich beinahe zu Tode geschmust und mir die Wursträdli gar in mein Hundebett gebracht. Zum Beinheben haben sie mich nach draussen getragen, das war zwar äusserst komfortabel, aber auch ein bisschen peinlich, man stelle sich vor, Xira hätte das gesehn, oder schlimmer, der Pitbull von neulich.

Am nächsten Tag war der Spuk vorbei. Ich war wieder fit wie eh und je und der Body zum Glück verschwunden. Ob sich seither etwas verändert hat? Eigentlich nicht. Ausser vielleicht, dass ich seit ein paar Tagen mit besagtem Pitbull nicht mehr raufe, sondern spiele. Und dass Benny und Baloo «willkommen im Club» gebellt haben. Welchen Club sie meinen, ist mir allerdings ein Rätsel. Denn natürlich bin ich noch immer der Chef vom Dienst und vom Fluss, keine Frage. Daran ändert auch ein langer Schlaf und ein grüner Pyjama nichts. Aber das muss man ja nicht dauernd allen unter die Nase halten, oder? Selig sind die Sanftmütigen. So gesehen, werde ich dem schönen Tim die falsche Nadel wohl nochmals verzeihen.

Euer easy peasy

König Kimi

13. Advent, Advent oder ein Weihnachts-Übel kommt selten allein

«Er blinkt, er blinkt, der Schneemann blinkt», ruft der kleine Wassermann und die Flussfrau freut sich, judihui die Weihnachtszeit ist eingeläutet. Der funkelnde Schneemann hängt im Fenster des gegenüberliegenden Hauses. Auf der andern Flussseite, zum Glück denkt der grosse Wassermann und brummelt, «oh je, es geht los, rette sich, wer kann.»

Und tatsächlich wird es nächtlich heller rund um die Birs: Sternchen, Lämpchen, Kügelchen, flitzende Rentiere und Santigläuse, die Balkone entern, in allen Farben, Formen und Materialien. Die festliche Fantasie der Flussbewohner kennt keine Grenzen, Hauptsache es leuchtet in der heiligen Zeit. Und der grosse Wassermann weiss aus Erfahrung, es kommt noch schlimmer.

Dann nämlich, wenn die Flussfrau die Kiste mit der Aufschrift «Weihnachtsdeko» aus dem Keller holt. Und der kleine Wassermann erst sich und dann seiner Mama die Weihnachtsmütze aufsetzt. Anschliessend schnurstracks die CD laufen lässt. Diejenige, welche im

Flussbau so unersetzbar ist, wie der Weihnachtsbaum selbst. Und das Elend mit Wham! steil startet und das Schicksal mit Mariah Carey seinen tragischen musikalischen Lauf nimmt. Mutter und Kind aus voller Kehle mitsingen. Laut und falsch, Jahr für Jahr. Mit verklärtem Blick und rosigen Wangen Kugel um Kugel an das Bäumchen hängen. Sich dazu Geschichten erzählen vom abenteuerlichen Weg des Schmuckes bis in die Flussstube. Ebenfalls jährlich dieselben, versteht sich. Lauter unglaubliche Märchen aus Tausendundeiner Nacht, dessen ist sich der grosse Wassermann sicher.

Und die Märchentanten als Höhepunkt aus der Kiste die Krippe kramen, die der kleine Wassermann einst im Kindsgi gebastelt. Mit dem einarmigen Josef und der drei Kopf grösseren Maria. Sich jetzt schief lachen über das Hängebauchzebra, welches den Esel spielt, mit vollem Einsatz jedes Jahr aufs Neue. Und die beiden Zipfelmützen das so witzig finden, dass sie sich gar nicht mehr einkriegen vor lauter Glucksen und Kichern.

Dann weiss der grosse Wassermann, der Zenit seines vorweihnächtlichen Leidens ist demnächst überschritten und es kann nur noch besser werden. Zudem ist die CD bald zu Ende. Elvis macht wie immer das Schlusslicht. Und der kleine Wassermann sagt: «Mami, dieses Jahr ist der Baum aber besonders schön geworden, gell!?» Und die Mutter meint gar, es sei der schönste aller Zeiten. Auch dies der alljährlich wiederkehrende Text.

Bis König Kimi mit Rentierohren aus dem Körbchen steigt und gähnt, komplett unerwartet und ausserplanmässig. Und der grosse Wassermann denkt, er sehe nicht heiter: Sein Hund mit einem Geweih auf dem Kopf. Und Mutter und Sohn vor Stolz fast platzen über diese gelungene Überraschung so aus dem Nichts. «Die sind neu», sagt der kleine Wassermann überflüssigerweise. «Sind die nicht der Hammer? Die gehören ab sofort zum Repertoire.»

Da ergibt sich endlich der grosse Wassermann, klaut die Mütze vom Kopf der Flussfrau und geht mit dem Rentier spazieren.

14. Schneekönig
   (Ein König Kimi-Blog)

Wenn der grosse Wassermann die Koffer aus dem Keller holt, muss ich höllisch aufpassen, dass mein Rudel mich nicht vergisst und ohne mich auf Reisen geht. Kimi allein daheim. Jeder Hund weiss, welch Albtraum das ist.

Als schlauer Parson legte ich mich somit auch an jenem Morgen direkt in den Koffer. Da die Packerei der Flussfrau endlos lange dauerte («Ah, das nehm ich mit, oder nein, vielleicht doch besser das, oder halt, brauche ich vielleicht beides, ach nein, das passt nicht zu dem, ich glaube, es ist besser, wenn ich das hierlasse und dafür jenes einpacke...»), vertrieb ich mir die Zeit mit meinem Büffelhautknochen, der so vorzüglich schmeckte, dass ich ausgiebig in den Koffer sabberte. Das hat dem grossen Wassermann gar nicht gepasst und ich musste mir ein neues Plätzchen suchen. Also legte ich mich auf die Unterhemden des kleinen Wassermannes, denn ohne Wäsche verreisen die Menschen nie, meine Güte, welchen Karsumpel die immer mitschleppen, unglaublich. Und während der grosse Wassermann den Koffer schrubbte, geiferte ich munter auf die Ferienwäsche, was wiederum der Flussfrau gegen den Strich ging und ich somit erneut verjagt wurde.

So lag ich schlussendlich vor der Türe und passte dösend auf, dass sich niemand heimlich davonstahl. Wie immer zahlte sich meine Hartnäckigkeit aus und so sass ich schlussendlich neben dem singenden kleinen Wassermann auf dem Rücksitz des Autos. Leider war der Stress damit noch nicht zu Ende. Denn schon nach zwei Kurven war mir so elend schlecht, dass ich kräftig kotzen musste. Der kleine Wassermann hörte auf zu singen und startete stattdessen ein ohrenbetäubendes Geschrei. Der grosse Wassermann fuhr auf den nächsten Parkplatz und begann wieder zu schrubben, allerdings diesmal das Auto. Die Flussfrau putzte und beruhigte derweil den kleinen Wassermann und mich. Und weil wir danach noch immer nicht in den Ferien angekommen waren, sondern weiterfuhren, kotzte ich nochmals und nachdem abermals alles und alle geputzt waren, gleich ein drittes Mal. Danach war mein Magen leer, alle (inklusive mir) völlig erledigt und die Ferienstimmung im Eimer. Doch dann tauchten in der Ferne die Berge auf, der kleine Wassermann rief: «Wir sind gleich da!», und ich roch den Schnee und alles war vergessen und die ganze Truppe mit einem Schlag wieder quietschfidel.

In den folgenden Tagen spazierten wir durch endlose Wälder, stundenlang, tausend unbekannte Gerüche in der Nase. Ich als Späher natürlich zuvorderst und bis zum Bauch im Schnee. Am Abend dann schliefen alle in einem grossen Bett und ich als Wachhund diesmal in der Mitte.

Einmal jedoch, da wurde es so richtig gefährlich: Es roch ... tatsächlich ... nach Wolf ... und das nicht zu knapp! Liebe Freunde, ich schwöre, so war's. Der Geruch nach Wolf lag in der Luft und das roch, nein, das stank äusserst bedrohlich. Und so blieb ich in diesem Waldstück sicherheitshalber ganz nahe bei der Flussfrau und den Wassermännern. Natürlich nicht aus Angst, aber nein doch, wo denkt ihr hin. Sondern aus Sorge. Jemand musste ja mein Menschenrudel vor dem bösen Wolf beschützen. Und wer kann das besser als ich, König Kimi, Hund von wahrer und einmaliger Grösse? Und wie immer wurde mein Mut belohnt und kein einziger Wolf stellte sich mir entgegen.

Natürlich hab ich Xira nach unserer Heimkehr von den Wölfen erzählt. Und dass sie gruselig und gfürchig waren und mindestens zu zehnt und ganz nahe kamen und dabei schauerlich heulten. Und Xira meinte, ich sei ihr furchtloser Schneekönig für immer und ewig und mit mir würde sie bis ans Ende der Welt reisen. Und ich sagte: «Prinzessin Xira, das würde ich auch mit dir: Reisen bis nach Timbuktu und weiter, als dein Bodyguard und König.» Die Kleinigkeit mit der Kotzerei liess ich dabei unerwähnt. Sicher hat der schöne Tim ein Wundermittel für einen Weltenbummler wie mich zur Hand.

Somit auf zu neuen Ufern und auf bald!

Euer Kimi

15. Alterswarzen und sonstige Widrigkeiten des Menschseins

Da wuchs der Flussfrau doch etwas im Gesicht.

Etwas, das da ganz offensichtlich nicht hingehörte.

Fleckig dieses Etwas und von bräunlicher Farbe und nicht wirklich hübsch anzusehen.

«Klarer Fall von Alterslepra», meinte abgeklärt der kleine Wassermann.

«Sicher nur eine Riesensommersprosse, kaum zu sehen», log der grosse Wassermann.

«Ob Lepra, Beulenpest oder Fleckengeschwür, es sieht fürchterlich aus, so kann ich nicht mehr unter Leute gehen», heulte das eitle Flussweib und begab sich schleunigst zum Arzt.

«Aha, eine Alterswarze», diagnostizierte unbeeindruckt die Fachfrau.

«Völlig harmlos, die mach ich Ihnen gleich weg.» Und legte unverzüglich Hand an.

Und während die Flussfrau noch mit der Tatsache haderte, dass sie von Geschwülsten befallen war, die sie bis anhin nur auf Nasen von bösen Hexen gewähnt hatte, doppelte Frau Doktor süsslich nach: «Aber gegen ihre Fältchen, da haben wir schon länger nichts mehr gemacht, gell!»

Hoppla, jetzt kam's dick und die Flussfrau wusste mit einem Schlag, dass sich ihre naive Hoffnung auf ein klitzekleines Quäntchen ewige Jugend soeben zerschlagen hatte. Ausgeträumt das straffe Träumchen, zumindest nach dem ernsten Gesicht der Frau Doktor zu urteilen.

Aber noch wollte die Flussfrau nicht ganz aufgeben. So leicht gibt man sich als mittelalte Frau doch nicht geschlagen! Vielleicht war ihr Gegenüber ja nur einer Täuschung des Lichts auf den Leim gegangen. Oder hatte schlichtweg einen schlechten Tag und sah nicht heiter. Ja, ganz bestimmt so war das, und deshalb sagte die Greisin in ferner spe tapfer:

«Aber Frau Doktor, gegen meine Fältchen haben wir doch noch nie etwas gemacht!»

«Nicht? Wirklich nicht? Auch nicht gegen diese grossen, groben da beim Mundwinkel?»

Gross und grob, das sass. Das klang nach Runzeln und Furchen und Schrumpeln und Krähenfüssen. Wüste Bilder, kaum zu verkraften und so verliess die Flussfrau die Praxis zwar ohne Warze, dafür mit hundert Jahren auf dem krummen Buckel.

«Findet ihr mich runzlig?» fragte sie vorsichtig ihre Männer beim Abendessen.

«Aber nein Liebste, du bist straff wie eine 29-Jährige», log der grosse Wassermann.

«Mami, du hast Falten, aber du bist trotzdem die Schönste», meinte abgeklärt der kleine Wassermann.

Danach stand die Flussfrau lange vor dem Flussbauspiegel. Sie wurde also alt. Soweit die schlechte Nachricht. So dann, wohl bekomm's, oder eben auch nicht. Aber wenn das Unabdingbare nunmehr dastand, gross und grob und mitten im Flussbau, so wollte sie doch wenigstens Haltung bewahren. Und das Alter aufrecht und als wildes Weib willkommen heissen, ungebügelt und ungespritzt. So wahr sie hier schrieb.

Und das war dann eindeutig die gute Nachricht des Tages.

16. Tour des jardins
(Ein König Kimi-Blog)

Vom Fluss bis zum Dalbedych war's ein gänzlich unspektakulärer Spaziergang: Ein bisschen Schnüffeln hier, ein wenig Markieren da, und ab und zu ein aufgestöbertes Häppchen fressen, verbotenerweise versteht sich. Aber die Flussfrau, schwer vertieft ins Gespräch mit ihrer lieben Freundin, war angenehm abgelenkt und somit landete die eine oder andere vergessene Köstlichkeit am Wegesrand direkt in meinem königlichen Magen.

Folks, ihr seht, mir ging es gut, ich hatte den Ärger, der leider alsbald auf die Idylle folgte, also nicht gesucht. Oh nein! Ich war's nicht, die Katze war's, wie könnt's auch anders sein! Also eigentlich war es eher ein Puma oder so eine Art Baumtiger. Auf jeden Fall ein Ungeheuer und es hing in diesem Baum fett und frech und schaute herablassend auf mich hinunter. Anfänglich wollte ich das Unding ja ignorieren und stoisch und mit aufrechter Rute an ihm vorbeigehn. Ich bin schliesslich mittlerweile ein König mit Erfahrung und zudem stand der Baum in einem Garten und der Garten war dick eingezäunt. Hier den Chef zu markieren, bedeutete folglich viel Arbeit und mindestens ebenso viel Ärger mit der Flussfrau. Ich war also gerade dabei, mich für die bequeme Lösung des Problems und somit gegen diese Jagd zu entscheiden, als die Katze auf dem Baum miaute:

«Na, du kleiner Stinker da unten, hol mich doch, wenn du dich traust!» Und innerhalb einer Sekunde war der kleine Stinker flach wie eine Pizza und unter dem Zaun durch. Beinahe hätte ich den Säbeltiger mit einem Sprung vom Baum geholt. Immerhin sah er sich genötigt, eine Etage höher zu ziehen und mir blieb nichts anderes übrig, als ihm gehörig die Meinung zu bellen, was er mit viel Gefauche und Gejammer beantwortete. Dazu schrien und flehten von der andern Seite des Hages die Flussfrau und ihre Freundin: «Kimeli kumm, Kimmeli kumm Würschtli, Kimeli jetzt kumm doch ändlich, Kimi jetzt längt's! Kimi, Fuss, hier!»

Es war also plötzlich sehr lärmig am sonst so ruhigen Dalbedych und das eine oder andere Fenster öffnete sich und die Bewohner positionierten sich genüsslich und mit bestem Blick auf das Spektakel. Die Flussfrau versuchte zwischenzeitlich über das Gartentor zu klettern, um mich zu holen, aber das war so ein Spitzzaun und so hing sie schliesslich schimpfend und fluchend fest zwischen Himmel und Erde. Die Freundin rief aufs Geratewohl in die Gegend: «Hallo, hallo ist da jemand?», und eine hilfsbereite Anwohnerin brachte einen Stuhl, mit dessen Hilfe es den zwei Frauen endlich gelang, mein ungelenkes Menschenfrauchen in den Garten zu hieven.

Und ausgerechnet in diesem Moment roch es erneut nach Katze! Dieses zweite Exemplar hockte im Gebüsch und war schnell aufgestöbert. Einiges schmächtiger als der Riese im Baum, war sie eine kleine Nummer für einen grossen König wie mich. Allerdings setzte sie sich umgehend in den angrenzenden Garten ab, was für mich bedeutete, dass ich mich diesmal flach wie ein Toast im Toaster machen musste, um ihr zwischen den Gitterstäben hindurch hinterherzujagen und sie auf dem nächsten Grundstück zu stellen. Das verzweifelte Vieh langte fauchend mit seinen Krallen nach mir und die Zuschauer an den Fenstern hielten die Luft an und riefen: «Uhhh, nei» und «Ahhh» und «Eieiei, das kommt nicht gut.» Die Flussfrau kletterte derweil schwitzend und stöhnend über den Zaun wieder zurück auf den Weg.

Während des Duells auf freiem Felde, welches ich früher oder später zweifellos für mich entschieden hätte, rettete sich die Katze auf ein Bäumchen in einem dritten Garten und ich natürlich pfeilschnell hinterher. Nur leider war dort das Gartentor offen. So stapfte die Flussfrau - ausser Atem und grün vor Wut - herbei und pflückte mich sozusagen direkt vom Baum. Somit war das Abenteuer für mich beendet, die Bewohner schlossen die Fenster und die nette Anwohnerin nahm ihren Stuhl wieder mit.

Natürlich schimpfte mich die Flussfrau nicht aus, denn sie hatte in der Hundeschule gut aufgepasst, und gelernt, dass wir Hunde das unter Umständen furchtbar falsch interpretieren und unsere zarten Seelen dadurch nachhaltig Schaden nehmen können.

«Wie schön, dass wir dich wieder haben», sagte sie stattdessen spitz, leinte mich an und zog mich wort- und emotionslos auf direktem Weg nach Hause. Das Güdeli, das ich mir sonst bei jedem Abruf abhole, blieb zudem hartnäckig vergessen.

Am Abend, wie sich die Gemüter wieder beruhigt hatten, erzählte sie den Wassermännern: «Ich hab ihm danach natürlich gebührend die Leviten gelesen. Und er hat sich aus vollstem Herzen entschuldigt mir hoch und heilig versprochen, dass er nie, nie, nie mehr eine Katze jagen wird!» «Was für einen Wunderhund wir doch haben», lachte der grosse Wassermann und der kleine Wassermann brachte mir zur Belohnung einen dicken Knochen.

Freunde, ihr habt's gehört: Nie, nie, nie mehr! Ein Parson, ein Wort! Bis zur nächsten Gelegenheit...

Euer Kimi

17. Schnauze voll

Zugegeben, König Kimi vereint in seiner Eigenschaft als Hund einige (für den Menschen) schwerwiegende Unarten und ist somit kein Lamm.

Denn ja, er jagt Katzen und - welch Frevel - junge Enten.

Ja, er stiehlt zudem Würste vom Einweggrill und bei Gelegenheit direkt vom Plastikteller der Picknicker.

Und ja, er hasst Bernhardiner, Dalmatiner und grosse schwarze Hunde im Allgemeinen.

Ok, ok, die Rasse der Boxer sollte ich bei der Aufzählung der Vollständigkeit halber nicht vergessen.

Und ist deshalb auch immer mal wieder angeleint unterwegs. Weil dann die Küken unversehrt zu Enten heranwachsen, die Würste ebenso unbeschädigt braun braten und Dalmatiner und Co. friedlich ihres Weges schnuppern können.

Und ja, leider hat mein Hund (je nach Tagesform) auch eine Leinenaggression, wenn ihm ein anderer Vierbeiner zu nahe kommt.

Schlimm, schlimm, schlimm. Obwohl wir daran arbeiten. Da kommt was zusammen, ich weiss! Schande also über mein unfähiges Halterhaupt!

Und wie ich also in diesem grossen, grauen Büsserhemd schreibe, überkommt mich trotz meiner grenzenlosen Schuldigkeit eine Stinkwut und ich krieg einen saumässig dicken Hals.

Denn meines Wissens hat jeder Hundehalter einen obligatorischen Grundkurs absolviert. Es ist ein offenes Geheimnis, dass die meisten dort nicht viel lernen. Doch etwas bekommen alle, einfach alle eingebläut: Nämlich, dass man angeleinte Hunde in gebührendem Abstand kreuzt. Jeder Hund bei seinem Halter und friedlich ist's. Eigentlich völlig simpel. Wie rechts vor links im Strassenverkehr. Oder gibt es etwa an jeder Kreuzung eine Diskussion, wer als erster fahren darf?

Liebe selbsternannte Hundeexperten am Fluss und im Wald, es geht euch nichts an, weshalb ich meinen Hund an der Leine führe! Falls es euch trotzdem interessiert, bitte den ersten Abschnitt dieses Blogs zur nachhaltigen Info nochmals lesen. Ihr habt euren Hund abzurufen, wenn ihr einen angeleinten Kollegen kreuzt, keine grosse Sache. Aber es scheint wesentlich einfacher, ein paar unmotivierte Bemerkungen vom Stapel zu lassen, als seinen eigenen Fido kurz Fuss zu nehmen, gell! (Könnte es eventuell sein, dass der Abruf nicht ganz klappt oder ihr grad schlichtweg zu faul seid für eine so schweisstreibende Aktion, die sich ganz und gar nicht mit euren Bedürfnissen nach ungestörtem Schlendern deckt?)

Kommentare wie: «Ui, der ist aber giftig», «puh, dürfen sie nicht aneinander schnuppern», oder «darf ihr Hund nicht Hund sein?» kommen da wesentlich leichter von den Lippen als ein einfaches «Fiffi, Fuss!» Weshalb nur, frage ich mich, kehrt ihr so wortreich und ausgiebig vor den Hundehütten der andern und interessiert euch so wenig für die beiden Enden eurer eigenen Leinen?

Und noch etwas sei allen Hundeliebhabern, die sich so aufrichtig und selbstlos um meinen Kimeli und seine Bewegungsfreiheit sorgen, gesagt: Mein Hund ist sehr wohl auch ein wilder Hund, wenn es die Situation erlaubt: Im Wald (wenn kein Leinenzwang herrscht) und am Birsufer (wenn nicht rundum gebrätelt wird und die jungen Enten flügge sind). Und er spielt sehr wohl mit andern Hunden. Nicht mit jedem, er hat nämlich richtige Lieblingsfeinde (siehe zur Erinnerung erneut Abschnitt eins), sondern mit jenen, die ihm passen. Ja, diesbezüglich hat er Charakter.

Und wisst ihr was, den zeig ich ab sofort auch!

Was hab ich versucht, friedlich zu bleiben. Ja keinen Auflauf, ja keinen Streit provozieren, weder mit Hund noch mit Halter. Immer nett und sich erklärend. Und dazu ein bisschen schämen, dass mein Kimi scheinbar so ein Rabauke.

Aber ab sofort ist Schluss damit. Ich hab die Flussfrauschnauze voll und zwar gestrichen.

Ich kann auch keifen. So richtig unangenehm werden, wie mein Hund, oder immerhin beinah.

Leint also eure heiligen Hunde an, wenn ihr Kamikaze Kimi mit der gefallenen Flusshexe kommen seht. Die beiden können schwer verdaulich sein, wenn's sein muss.

Und manchmal muss es einfach sein!

18. Ganz guter Hund
(Ein König Kimi-Blog)

Dauernd berichtet die Flussfrau hier von meinen angeblichen Schandtaten. Da entsteht leicht der Eindruck, ich sei der reinste Höllenhund! Und dabei bin ich so ein braves Hundchen. Königliches Ehrenwort! Ich sehe ungläubige Gesichter? Ich hab's befürchtet. Also ist es höchste Zeit, heute mal keine Geschichten zu erzählen, sondern klare Fakten sprechen zu lassen:

Kimeli Verhaltenskatalog Sommersaison 16:

- Effektiv geklaute Würste direkt vom Grill und / oder Teller: 0

- Verspeiste Dalmatiner / Bernhardiner / Boxer / Diverse (schwarz): 0

- Erbeutete Katzen: 0

- Erlegte Enten: 0

- Verpennte Einbrecher: 0

- (hundsbeinallein) auf die Zweibeiner wartend verbrachte Stunden im Flussbau: ....unzählige

- Dabei (aus Langeweile) beschädigte Gegenstände: 0

- Anzahl Minuten (aus Einsamkeit und Verlustängsten) geheult: 0

- Freudig begrüsste (bekannte und unbekannte) Zweibeiner in Haus und Gelände: .... 2'589

- Einsatzstunden als selbstloser Schmuse-/ Spiel- und Therapiehund: .... 6'125

- Aufwand in Stunden als unerschrockener Bodyguard des kleinen Wassermannes: .... 7'981

- Begleitschutz als furchteinflössender Wachhund auf Früh- und Spätpatrouillen (bei Wind und Wetter): .... 2 x täglich

- Blitzblank sauber ausgeschleckte Yoghurt- becherli: 317

- Sorgfältig verputzte Schweinsohren: 19

- Reinlich zerlegte Rinderpansen: 11

- Leidenschaftlich zerkaute Büffelhautknochen 24

- Klaglos apportierte Bälleli / Stöckli / Tannzapfen: .... 50'417

- Liebe für meine Flussfamilie: .... UNENDLICH

Ich will ja nicht bluffen. Bescheidenheit ist schliesslich eine Tugend der ganz Grossen. Lest selbst, hört auf euer Herz und entscheidet dann, wem ihr Glauben schenkt. Und lasst euch ruhig Zeit damit. Gut Ding will bekanntlich Weile haben. Ich verdinge mich derweil wieder aufopferungsvoll als Schmusehund. Wobei die Zahl sich dann bei diesem Posten auf 6'126 Stunden erhöht.

Bis bald, Euer KK

19. Tage wie dieser...

...mag die Flussfrau besonders gern. Wenn das Wasser ohne Unterlass von oben kommt und kein Schwein und erst recht kein Mensch daran denkt, am Fluss zu picknicken. Und sein Ufer deshalb ihr und König Kimi allein gehört. Und den andern wetterfesten Zwei- und Vierbeinern. Und sie wieder mal in aller Ruhe mit dem Reiher plaudern kann. Der beinahe unbeachtet an seiner Stromschnelle steht und geduldig auf den nächsten springenden Fisch wartet.

Und weit und breit keine leeren Dosen und Flaschen, keine verwaisten Einweggrille, keine verwesenden Essensreste. Weil der Regen alles sauber gewaschen hat. So scheint es. Und die Birs wieder den Namen Paradies verdient. Eigentlich hat die Flussfrau nichts gegen die Frischlüftler am Bach. Im Gegenteil, es gefällt ihr, wenn sich die Menschen hier niederlassen: Musik hören, lachen, schmusen, baden, sich sonnen. Kurz sich des Lebens freuen. Aber es gefällt ihr nicht, wenn sie das Flussufer dabei verschandeln, indem sie alles liegenlassen, wo sie stehen und gehen. Und den Blumen die Köpfe abreissen und den Bäumen die Rinde abschälen. Einfach so, zum Spass. Oh nein, das gefällt ihr ganz und gar nicht, sondern bedrückt und betrübt sie zutiefst.

Und deshalb muss sie ihrem Unmut jetzt einfach mal Luft machen, hier und jetzt und schwarz auf weiss:

Leute, reisst euch am Riemen! Wir können uns so unglaublich glücklich schätzen hier am Fluss. Das Wasser gibt uns alles, was wir brauchen: Ruhe, Frieden, Kraft. Also geben wir ihm immerhin Respekt und Wertschätzung zurück. Sapperlot aber auch! Das ist nicht viel, das ist das Mindeste!

Und wenn ich morgen und in Zukunft meine Patrouille mit Polizeihund Kimi schiebe, dann will ich am Flussufer nichts, aber auch gar nichts sehen, was da nicht hingehört. Verstanden?

Es dankt die Uferpolizei

20. Acqua calda...

Eigentlich ist die Flussfrau ja eine passionierte Stubenhockerin. Und so kriegen sie in der Regel weder zehn Pferde aus ihrem Flussbau noch locken sie fernschweifende Argumente weg von ihrer Birs. Wo soll man schon hinwollen, wenn man bereits an einem der schönsten Orte der Welt lebt? Genau, an einen andern, schönen Platz auf Erden, allenfalls.

Diese Begründung griff eines Tages sogar bei der Flussfrau und so packten sie und der kleine Wassermann Koffer und Köfferchen und reisten zusammen gen Süden: Bellinzona, Milano, Bologna, Firenze. Acht panini, 5 Snickers, drei Birnen und zwei Liter Cola und dann endlich weiter mit dem Regionalzug an die Riviera. Und je näher die Räder Richtung Meer ratterten, desto redseliger wurde die Flussfrau: Erzählte von einer Begegnung hier und einem Abenteuer dort und mit einem Schlag wurde dem kleinen Wassermann bewusst, dass seine Mutter einmal - irgendwann und vor ewigen Zeiten - eine junge Frau gewesen sein musste. Ver- und Bewunderung für diese schier unglaubliche Tatsache mischten sich mit Argwohn und Eifersucht. Denn eigentlich hatte der kleine Wassermann bis anhin fest geglaubt, das einzig wirklich wichtige Ereignis im Lebenslauf seiner Mutter zu sein.

Und so drückten die beiden fortan wortlos ihre Nasen am Zugfenster platt und warteten auf das Auftauchen des Meers. Wetteten irgendwann, wer es zuerst sehen würde, und natürlich war der kleine Wassermann schneller, und gewann somit ein echtes gelato livornese. Und wie er das freudvoll schleckte, beschloss er, ab sofort ein halber Italiener zu sein. Immerhin heisse er wie ein italiano vero, da dürfe man bei der Biografie wohl ruhig ein bisschen schummeln.

So gingen la mamma und il figlio morgens gemeinsam a scuola, assen in pausa pranzo Berge von cozze e vongole und streckten danach die dicken Bäuche Richtung pineta. Gegen Abend sassen sie auf einem Felsen und schauten auf die Weite des Wassers. Und der kleine Wassermann meinte, ein bisschen sei es hier ja wie zu Hause, nur irgendwie salziger und ohne den grossen Wassermann halt, der ihm wirklich sehr fehle. Aber vielleicht könne man ihn ja das nächste Mal mitnehmen, bestimmt habe auch er einen italienischen Verwandten irgendwo, als Alibi für die Reise sozusagen. Und dann drückte der ometto die Hand seiner mamma, die jetzt nicht nur am Meer sitzend, sondern sowieso nah am Wasser gebaut, ziemlich feuchte Augen bekam.

Und wie dann die Woche schnell vorbei war, wurden die zwei Italiener sehnlich am Bahnhof SBB erwartet. Wer beim Wiedersehen wem das grösste Fest gemacht hat, ist nicht überliefert. Es heisst allerdings, dass sich der König wie stets mächtig ins Zeug gelegt habe. Und der kleine Wassermann liess sich ebenfalls nicht lumpen und begrüsste den grossen mit den Worten: «Sono Tiziano, ti voglio tanto bene e mi piacciono molto le vongole!»

Alle küssten danach alle und der grosse Wassermann, der allein doch recht einsam gewesen war im Flussbau, erinnerte sich urplötzlich an einen fern verwandten cugino namens Alfonso oder Alberto oder vielleicht auch Arturo. Und so war man sich unter Schmunzeln und Umarmen schnell einig, dass man bald wieder ins Land der nunmehr gemeinsamen Vorfahren reisen wolle.

Und bis es soweit ist, hockt die Flussfrau wieder stinkzufrieden in ihrer guten Stube.

21. Na endlich...
(ein König Kimi-Blog)

Von allen Seiten hagelt's Kritik und Vorwürfe, weil ich länger nichts mehr hab von mir hören lassen. Erst mal herzlichen Dank, dass ich euch so fehle, das tut dem grossen Ego des kleinen Hundes natürlich unendlich gut. Zudem zeigt sich einmal mehr, dass lediglich des Königs Geschichten vermisst werden. Nach dem Blog der Flussfrau kräht weiterhin kein Hahn, und das ist zusätzlich Balsam für meine königliche Seele.

Überhaupt bin ich seit ein paar Monaten am Überfliegen, Freunde, ich wusste gar nicht, dass man als Terrier sein Leben so dermassen chillen kann.

Angefangen hat es allerdings alles andere als entspannt: Die Flussfrau baute sich eines herbstlichen Tages vor mir auf, fuchtelte furchteinflössend mit dem Zeigefinger und wetterte von oben: «König Kimi, du bist ein ganz, ganz schlimmer Hund, wir müssen dringend an deinen Manieren arbeiten. Ab heute gehen wir wieder in die Hundeschule.»

Meine Cousine Dara schien ebenfalls ein Vierbeiner der schlimmsten Sorte zu sein, denn wenig später fanden wir zwei uns auf dem Hundeplatz wieder: «Wo sind denn die Kumpels?», bellte ich erstaunt, denn ich hatte mich insgeheim auf einen saftigen Boxer oder noch besser auf einen ängstlichen Dalmatiner gefreut. «Kimeli, das hier ist ein Privatclub für besonders schwere Fälle», antwortete Dara stolz. «Da traut sich ausser uns niemand hin, ich empfehle, Ohren runterklappen und durch.»

Doch bald schon hatten wir beide die Lauscher wieder gespitzt und ich hatte komplett vergessen, dass ich mich eigentlich ganz schlecht benehmen und einem weiteren Dalmi das Fürchten hatte lehren wollen. Stellt euch vor, es gab für zwei! Hunde zwei! Hundetrainerinnen und das Tollste war, dass die weder schimpften noch schrien noch an der Leine zerrten. Im Gegenteil, sie sprachen mit uns und das sehr freundlich und äusserst verständlich. Ja, ja ihr habt richtig gelesen: Sie redeten mit uns und zwar in echter Hundesprache! Unglaublich war das, ich sage euch die reinste Offenbarung!

Was hatte ich versucht, meiner Flussfrau klarzumachen, was in meinem hübschen Köpfchen vor sich geht. Aber die Gute ist ja nicht nur äusserst schwer von Begriff, sondern komplett unbelehrbar. Und da standen nun diese zwei netten Zweibeiner, verstanden sowohl Daras als auch meine Leiden (und ich kann euch sagen, da kam was zusammen!) und übersetzten es unseren Frauchen so, dass es gar der letzte Esel verstanden hätte.

«Aha, ui, ou ou ou», meinte die Flussfrau immer wieder. Und «oh Mist, oi nei, oh jemine», ihre Schwester.

Danach wurde geübt und gepfiffen und gespielt. Dara und ich haben natürlich schnell begriffen, wie der Hase läuft und uns die Bäuche mit feinsten Güdeli (bei jedem Pfiff gab's gebratene Wurst und Poulet a gogo!) vollgeschlagen. Unsere Frauen stellten sich erwartungsgemäss etwas umständlicher an. Aber nach jeder Stunde übten Dara und ich an der Birs und im Hardwald geduldig mit ihnen weiter. Was soll man sagen, steter Tropfen höhlt den Stein und ein Aufwärtstrend ist klar erkennbar. Vor lauter Üben kam mir irgendwann das Interesse an den Raufereien komplett abpfoten. Na ja, beinahe. An manchen Tagen muss ich den Dalmi trotz allem noch anraunzen. Nur kurz, aber immerhin. So potthässlichen Punkten muss man ab und zu einfach die Meinung geigen.

Und dann gibt es da noch eine Neuigkeit: den PARCOURS! Freunde, da ist eine Leidenschaft in mir erwacht, die ich bis anhin nur für Würste und für Xira kannte. Wenn's auf den Parcours geht, gibt's für mich kein Halten mehr und ich fliege. So schnell, so hoch und so weit, als wär ich der König der Lüfte.

Die Flussfrau prophezeit enthusiastisch, nächste Saison seien wir beim Zirkus Knie die Stars in der Manege.

Also auf bald vor grossem Publikum!

Euer manierlicher Trapezkünstler

22. Auf zu neuen Ufern

Vier reiche Jahre lang warst du unser Fluss. Du hast uns verwöhnt mit deinem Fliessen, Rauschen und Strömen. Wir haben uns nie sattsehen können an deinen Weiden, Steinen und Sandbänken und auch nicht an deinen hübschen tierischen Bewohnern im und am Wasser.

Du warst Heimat für den kleinen Wassermann, der dank dir zum Schwimmer, Taucher und gar verwegenen Matrosen herangewachsen ist. Beladen mit der ganzen Flussfamilie schipperte er sein Schlauchboot an warmen Tagen sicher Richtung Rhein. Und von der Mündung aus träumend weiter bis nach Rotterdam. So wurdest du ganz nebenbei Inspiration für Legenden von Birshammerhaien und andern quellenden Geschichten.

Und du warst Paradies für unsern König. Er hat dich als seinen Fluss stets rennend und spielend bewacht und dich dabei zuverlässig als sein Revier beschnüffelt, bepinkelt und notfalls verteidigt. Derweil der grosse Wassermann Nacht für Nacht dein stiller Sterngucker war. Oder Regenschmecker, je nach Wetterlage und dabei sanft seufzte, da grosse Worte nicht sein Ding. Im Gegensatz zur Flussfrau, die sich im ersten Winter an deinem Ufer gar im Wunderland wähnte und dies mündlich und schriftlich in alle Richtungen kundtat. Kurzum, du bist ein überaus gütiger Fluss und warst vor allem uns der aller, allerbeste Fluss!

Aber leider sind nicht alle deiner Besucher gut zu dir. Ach, was schreib ich hier von Besuchern, Besetzer ist als Bezeichnung für viele von ihnen eindeutig das treffendere Wort. Besetzer kommen, annektieren und verwüsten nicht selten die Ländereien, in die sie einfallen. Und genau das passiert dir, liebe Birs, von März bis Oktober und bei jedem noch so kurzen Sonnenstrahl. Die Flussfrau hat versucht, damit klarzukommen. Schreibend und fluchend. In der ersten Zeit gar erbost der Polizei telefonierend. Erfolglos, leider. Deshalb in der Folge wegschauend, weghörend, wegriechend. Und schlussendlich grossartig scheiternd.

War zuerst wütend, dann traurig, zu guter Letzt resigniert. Und jetzt erleichtert, da zumindest für sich und ihre Familie eine Lösung gefunden und ein Ende der Leiden in Sicht:

Diesem Ausgeliefertsein von Mittag bis Mitternacht. Den Horden von Birsbelagerern und ihren Bierdosen. Den stinkenden Einweggrills und den modernden Joints, dem Rechtsrap und dem Bass, die mit zunehmenden Promillen zunehmend lauter. Und dem Gelalle und Gegröle der Partylöwen und ihrem Urin in den Weiden.

Und der Katerstimmung am Morgen danach: Wenn die Flussfrau um sechs Uhr früh mit dem König als erstes über eine leere Wodkaflasche stolpert. Und sie einmal mehr fast der Schlag trifft. Weil ausser den Brandschatzern noch alles da: Grill, Dosen, Knochen, Brot, Ketchup, Teller und Besteck, garniert mit tausend Stummeln und ordentlich Senf obendrauf. Und sich ihr Herz zusammenzieht, weil man dich so schlecht behandelt, obwohl du uns alle so sehr verwöhnst.

Dann könnte sie kotzen. Und ich mit ihr und das an jedem sonnigen Tag aufs Neue. Und merke irgendwann, dass ich das nicht mehr auf die Reihe kriege. Weil ich die Abgrenzung von dieser schamlosen Ausbeutung deiner Schönheit trotz allem Suchen nicht finde.

Und haben uns deshalb entschlossen, weiterzuziehen. Weiter weg, aufs Land. Dort, wo Rhein und Ergolz sich treffen. Und die ganze Umgebung schon vor Jahren zum Naturschutzgebiet erklärt.

Weil eine Flussfamilie eine Flussfamilie ist und bleibt. Und man gar nicht weiss, ob sie abseits des Wassers je wieder glücklich werden würde. Deshalb geschieht jetzt, was ich bei unserm Einzug niemals für möglich gehalten hätte: Wir brechen unsere Zelte ab, packen noch einmal unsere Kisten und wagen den Neuanfang Richtung Osten an einer anderen Mündung.

Auf Wiedersehen, liebe Birs, und danke für alles!

Deine vier grössten Fans.

23. Landeier
(Ein König Kimi-Blog)

Falls es da draussen auch nur ein einziges nostalgisches Wesen gibt, welches sich ab und zu fragt, was wohl aus der Flusstruppe und ihrer königlichen Führung geworden ist, so werde ich mit Freuden für diese treue Seele endlich wieder Bericht erstatten.

Der Umzug aufs Land - vor bald zwei Jahren! - ging zackig über die Bühne, und obwohl die Flussfrau unglaubliche Angst hatte, die Birs auf immer und ewig zu vermissen und mit einem zumindest halbwegs gebrochenen Herzen aufs Land zu reisen, war sie die Erste, die zwischen Rhein und Ergolz zum leidenschaftlichen Landei erblühte. Ja, nicht mal eine einzige klitzekleine Träne weinte sie dem alten Fluss nach, diese treulose Tomate, so sehr war sie damit beschäftigt, die neuen Ländereien und die weiten Wasser zu entdecken und zu bestaunen.

Der kleine Wassermann tat sich da schwerer, vielleicht auch, weil der Umzug in eine Zeit fiel, in der er gross wurde (aktuell 173cm) und man bekanntlich bei diesen verheissungsvollen Zentimetern lieber in der Stadt in Clubs abhängt, als in einem Naturschutzgebiet dem Biber aufzulauern oder mit der Mutter die Eier beim

Bauern zu holen und die Himbeeren direkt vom Feld zu pflücken.

Dem Naturell des grossen Wassermanns jedoch kam die ländliche Ruhe wiederum entgegen. Wenig Menschen und viel Natur und ein solider Wassermannbau mit integrierter Werkstatt. Mehr braucht ein echter Wassermann bekanntlich nicht für sein wortloses Glück.

Ja, und somit sind wir endlich bei mir angelangt, dem König im Exil, und wer glaubt, dass ich das Treiben und die Raufereien in meinen alten Besitztümern vermisse, der irrt gewaltig. Denn schliesslich gibt es eine Zeit für alles: Die Birs, meine Lieben, das war Sturm und Drang. Der Rhein hingegen ist Dolce Vita.

Wisst ihr, hier im Naturschutzgebiet gehen wir Hunde an der Leine. Das heisst, wir kommen uns selten nahe, was mir grad recht ist. Nicht dass ich per se etwas gegen meine Artgenossen hätte, oh nein, aus der Distanz betrachtet, finde ich die meisten von ihnen ganz passabel. Aber ich habe mittlerweile eine gewisse Reife und die verbietet mir entschieden, Hinz und Kunz an meinem Hintern schnuppern zu lassen. Viel lieber brauche ich zwischenzeitlich auch meine eigene Nase für Spurensuche. Eine äusserst spannende und lukrative Angelegenheit vor allem hier, wo sich Fuchs und Hase im wahrsten Sinne des Wortes gute Nacht sagen.

Was meinen verlorenen Titel angeht, so sage ich euch, was soll's, man überlebt's. Früher hat man mich als König erkannt und anerkannt. Das tat dem Ego natürlich gut. Heute schnüffle und schnuppere ich mich dafür unerkannt durch mein ländliches Leben. Das ist Freiheit pur und entspannt ungemein. Obwohl es natürlich schön wäre, Xira käme plötzlich des Weges und wir eroberten die Gegend gemeinsam, wie in alten Zeiten. Meine wunderbare Xira und ich!

Selbstverständlich gibt es auch auf dem Land adrette Hundedamen. Aber Freunde, ihr wisst, wie es läuft, die erste Liebe ist und bleibt die grösste.

«Der Hund litt unter Dichtestress», erklärte unlängst die Flussfrau wissend dem grossen Wassermann. «Wie ruhig und ausgeglichen der ist, seit wir in Augst wohnen, unglaublich!» Und der grosse Wassermann lachte und meinte, dass auch in unserm Falle das Verhalten des Hundes fadengerade auf die Befindlichkeit des Herrchens oder eben der Flussfrau zeige.

Und da er einmal mehr in aller Ruhe die glasklare Wahrheit gesprochen hatte, widersprach ihm niemand, noch nicht einmal die rebellischen 173 cm.

Wer jetzt aber zum Schluss kommt, unser Leben auf dem Lande gleiche einem drögen Teich, der bewegungslos vor sich hindümple, zieht voreilige Schlüsse. Denn mit oder ohne Krone bin ich noch immer Kimi, Terrier aus Leidenschaft und somit stets auf der Suche nach dem nächstbesten Abenteuer. Und davon sind mir auch hier schon so einige begegnet...

Also bleibt dran, es lohnt sich. Bis bald.

Euer Country Kimi

24. Reiche Ernte

Frühling lässt sein Bärlauch Blatt
wieder spriessen auf den Feldern
sowie herbe duftend gleich in allen Wäldern.
Pflücke Säcke voll bis satt.
Einmachgläser träumen schon,
Wollen sich bald füllen
In gar herrlich grünem Ton!
Frühling, ja du bist's!
Ich könnt vor Freude brüllen.

(Eduard Mörike feat. fröhliche Flussfrau)

Es ist wie jedes Jahr. Kaum wird's Frühling, werden die alten Knochen übermütig und das morsche Hirn zum Jungspund. Und so zwängten sich die Flussfrau und ihre Freundin nach langer Pause wieder in ihre eingelaufenen Jogginghosen. «Jeden Winter machen sie das», schimpfte die Flussfrau, «jeden Winter schrumpfen diese hundsgemeinen Beinkleider um eine ganze Grösse.»

Doch was kümmert einem letztendlich eine Hose von schlechter Qualität, wenn um einem herum die Natur erwacht? Und so vergass die Flussfrau schon bald den zwickenden Zwirn und freute sich stattdessen mit ihrer Freundin über Krokus und Co. am Wegesrand. Den beiden schnaufenden Frauen stieg zudem ein würziger Duft in den Riecher und weil die Freundin mit letzter Luft von ihrer Bärlauchpesto zu schwärmen begann, nutzte die komplett ausser Atem geratene Flussfrau die Gunst des Augenblicks, um bei einer Verschnaufpause mehr über das goldene Kraut zu erfahren.

Und so kam es, dass die Frauen die Rennerei vertagten und sich stattdessen ins Bärlauchfeld hockten und zu pflücken begannen.

«Du musst immer daran riechen, an jedem einzelnen Blatt», mahnte die Freundin mit erhobenem Zeigefinger. Und die Flussfrau dachte, papperlapapp, was soll ich mir so eine Mühe machen, ich weiss ja, was ich hier zupfe und rupfe. Und pflückte somit selig weiter. Gedankenverloren. Blatt für Blatt. Einen ganzen, grossen Sack voll. Und liess sich dazu die Sonne auf den Rücken scheinen, war gerade mal fünf Jahre alt und grenzenlos glücklich, einfach so, in diesem Meer aus Grün. Und am Abend, wie schön, würde sie all dieses Glück mit viel Liebe gewürzt ihren Männern servieren.

Zuhause angekommen verschanzte sie sich in der Küche und zerteilte und verquirlte Blätter, Öl und Grana geschäftig, bis am Ende der Prozedur sämtliche vorhandenen Einmachgläser gefüllt waren. Die Wassermänner beäugten die neue Umtriebigkeit der Flussfrau mit Erstaunen und schauten erwartungsfroh in die Töpfe.

Auch le care Zie vom 3. Stock, Zia Carmela und Zia Rosa, freuten sich über das unerwartete Landfrauenznacht. Geschmeckt hat es allen. Zweifel an seiner Bekömmlichkeit hatte niemand. Ausser Zia Rosa, die still und inständig hoffte, die beiden Kräuterhexen mögen doch bitte den Unterschied zwischen Bärlauch und Maiglöckchen kennen.

Natürlich kannte die Flussfrau den Unterschied nicht. Hatte sie doch eben erst Bekanntschaft mit Ersterem gemacht und nicht die leiseste Ahnung, wie Zweiteres aussah, geschweige denn, wie hochgiftig sein Verzehr.

Und natürlich hatte sich kein Maiglöckchen in ihre Sauce verirrt. Gott sei Dank. Weil der Mensch einfach Schwein hat, dann und wann. Und zur Not ganz viele Schutzengel um sich herum.

«Nie mehr esse ich Bärlauchpesto», wetterte der junge Wassermann nach Klärung der Sachlage. «Man kann ja froh sein, dass man noch lebt.»

«Nie mehr pflücke ich Bärlauchblätter, ich bin ja froh, habe ich nicht gleich die ganze Familie vergiftet», pflichtete ihm kleinlaut die Mutter bei.

«Ach, jetzt macht mal keine Tragödie daraus», blieb der grosse Wassermann gelassen wie immer.

«Immerhin wären wir alle mit viel Liebe ins Jenseits befördert worden.»

Dieser Meinung waren auch die Zie und so wurde am Tag danach bei gut verdaulichem Ragout mit Spätzli gemeinsam auf das Leben und die Liebe angestossen. Und weil Letzteres in der Flussbau-WG in Hülle und Fülle vorhanden ist, boten die Zie sich selbstlos zur Übernahme der restlichen Einmachgläser an.

Und für alle, die gerne wieder mal das Original lesen:

Frühling lässt sein blaues Band
Wieder flattern durch die Lüfte;
Süße, wohlbekannte Düfte
Streifen ahnungsvoll das Land.
Veilchen träumen schon,
Wollen balde kommen.
Horch, von fern ein leiser Harfenton!
Frühling, ja du bist's!
Dich hab' ich vernommen!

Eduard Mörike

25. Die Saga vom Sündenbock

Als der junge Wassermann noch klein war, liebte er Märchen, Sagen und Legenden. Tag für Tag erzählte ihm die Flussfrau vom Rumpelstilzchen, vom Piraten von Störtebeker oder von Till Eulenspiegel. Und kaum war eine Geschichte zu Ende, wollte er die nächste hören, stundenlang, mit grossen Augen und mucksmäuschenstill, bis er schliesslich einschlief.

Eine Geschichte, die es ihm besonders angetan hatte, war die Saga vom Sündenbock. Abend für Abend wollte er sie aufs Neue erzählt bekommen, wollte hören, was dem Geissbock Göck Böses widerfahren war und Abend für Abend weinte er sich aus Mitleid mit dem armen Böckchen in den Schlaf. Die Flussfrau sah wohl, wie sehr das traurige Schicksal dieses Tieres ihrem Sohnemann zusetzte und entschied sich deshalb zu der Schummelei, der Geschichte ein neues, gerechteres Ende zu verpassen.

«Lieber Sohn», begann sie eines Morgens mit der Zeitung in der Hand. «Du glaubst nicht, was ich hier gerade lese! In einer Höhle, tief in den Wäldern des osmanischen Reiches, hat man die Saga vom Sündenbock auf Pergamentpapier gefunden. Eine uralte, vergilbte Rolle aus dem 5. Jahrhundert vor Christi haben die Historiker ausgegraben und es scheint, dass dies die erste und somit wahre und richtige Version der Geschichte ist. Und denk dir mein Lieber, das Wunderbare ist, dass sie hier gut ausgeht für unsern Göck! Willst du sie vielleicht hören?»

Und natürlich wollte der kleine Wassermann sie hören, grad jetzt und sofort und somit begann die Flussfrau auch umgehend zu erzählen:

Es war einmal ein kleiner, lebenslustiger Geissbock namens Göck. Er wuchs in einer Herde schneeweisser Schafe auf und kein Mensch und kein Tier weiss, wie es zu diesem fatalen Irrtum gekommen war. Alle Schafe dieser Herde waren rechtschaffen und tugendhaft und somit zu hundert Prozent fehlerfrei. Göck beneidete die Schafe sehr um ihre weisse Weste und liess nichts unversucht, um so zu werden wie sie. Aber sein Fell blieb braungefleckt, egal wie lange er sich in den Regen stellte. Auch war es eine Tatsache, dass ihm das Bockspringen mehr Freude bereitete als das Grasen und Glotzen und überhaupt fand er es furchtbar langweilig, den ganzen Tag dem Leitschaf hinterher zu blöken.

Bei diesem allerdings stand Göck längst unter Beobachtung: Wie er so hüpfte und sprang und sich des Lebens freute, fühlte die alte Aue für einen flüchtigen Augenblick, wie schön es doch sein müsste, sich ebenso unbeschwert durch die Gegend bewegen zu können. Doch ein Blick auf ihre kurzen Beine erinnerte sie blitzartig an ihre wahre Bestimmung und deshalb sagte sie zu ihrem Mann:

«Sieh dir diesen frechen Furzi an! Was glaubt denn der, wer er ist? Und wie der hüpft, zum Fremdschämen ist das.»

Und der Widder dachte, was interessiert es mich, was der Göck macht, der ist mir sowas von wurstegal, Hauptsache ich fresse das grünste Gras auf der Weide und habe meine Ruhe. Und damit das alles auch weiterhin so bleiben würde, kam er dem Willen seiner Frau nach und ermahnte Göck in ihrem Auftrag:

«Göck, du Tunichtgut, hör mal mit der Hüpferei auf, du bist so was von unbegabt dafür. Zudem pflegen wir in dieser Herde zu grasen und zu glotzen, also reiss dich gefälligst am Riemen.»

Göck tat das Herz fürchterlich weh bei diesen Worten. Aber er wünschte sich so sehr, ein wichtiger Teil seiner Herde zu sein, dass er sich ab sofort noch viel mehr anstrengte, ein fehlerfreies Schaf zu werden.

So vergingen die Jahre und aus dem kleinen Göck wurde ein stattlicher Bock, der nur noch selten und nur im Versteckten das Bockspringen wagte und darüber zusehends schwermütiger wurde. Die glänzenden Hörner aber, welche auf seinem Haupt gewachsen waren, gefielen der Aue so gut, dass sie es am liebsten selber auf ihrem Wollkopf getragen hätte. Deshalb sagte sie zu ihrem Mann:

«Schau ihn dir doch an, diesen Hochstapler mit Hörnern. Was glaubt er denn, wer er ist? Und wie der ausschaut, wie der Teufel, der bringt noch unsere ganze Herde in Verruf.»

Und der Widder, der mittlerweile dauersatt und faul geworden war und das Denken komplett an die Aue abgegeben hatte, nahm Göck zur Seite und drohte:

«Göck, du Sorgenkind, irgendetwas stimmt nicht mit dir, ich weiss nicht, weshalb du nicht sein kannst, wie wir. Ein letztes Mal, reiss dich am Riemen, ansonsten werden wir hier die Konsequenzen ziehen.»

Was für ein Schafskopf, dachte Göck und es überkam ihn endlich eine Wut, die grösser war als er selbst (inklusive Hörner). Er fing an, sich lautstark über die Diktatur auf der Weide zu beschweren. Das eine oder andere Schäfchen pflichtete ihm bei, eine Sauerei sei das hier auf dieser Schafswiese und man müsse aufstehen für Toleranz und gegenseitigen Respekt. Und Göck dachte, wusst ich's doch, am Ende siegt die Wahrheit und jetzt machen wir hier Revolution und danach lebt jeder, wie es ihm gefällt.

Doch als der Morgen der Wahrheit anbrach, hatten sich die Mitstreiter verflüchtigt und grasten stattdessen einträchtig mit dem Leitschaf und seinem Mann auf den grünsten Ecken der Wiese. Gemeinsam sprach man Göck des Aufstandes und des Verrates schuldig. Die Höchststrafe wurde verhängt und subito vollstreckt und der «sture Bock» für immer und ewig der Herde verwiesen.

Bevor man ihn aber mit Schimpf und Schande und einem schmerzhaften Hieb davonjagte, belud man ihn mit all den Sünden, die auf dieser hochanständigen Wiese keinesfalls länger geduldet werden konnten. Und so kam es, dass Hochmut und Habgier, Zorn und Neid und zuoberst gar noch die Faulheit auf Göcks Rücken landeten. Da fühlten sich die weissen Schafe mit einem einzigen Schlag noch tugendhafter und anständiger als je zuvor.

Göck aber rannte und rannte, so weit weg wie er konnte. Er lief ohne Halten, bis ihm der Schweiss in Strömen vom Fell lief und ihn die sengend heisse Sonne zum Anhalten zwang. Ein Geier auf einem Kaktus sitzend, beobachtete ihn listig und krächzte:

«Willkommen in der Wüste, du Sündenbock! Bild dir bloss nichts ein, du bist bei Weitem nicht der Erste, der hier landet.»

Du heiliger Schafsdreck, es ist also wahr, dass der Sündenbock tatsächlich und unabdinglich immer in der Wüste landet», dachte Göck und legte sich erschöpft zu Fusse des Kaktus…

….. *wo er*…. Nein …! Hier eben nicht! Nicht in dieser, nicht in der Version der Flussfrau. Hier wird Göck nicht vor Durst, Last und Kummer zusammenbrechen oder gar sterben! Sondern er wird im Gegenteil…

Und wenn ihr euch wie der kleine Wassermann ein Happy End zu euerm ganz persönlichen Glück wünscht, so bleibt dran und lest in der Fortsetzung, wie es Göck in der Wüste ergangen ist!

Auf bald eure Flussfrau

26. Die Saga vom Sündenbock (Episode 2)

Und so stand Göck also in der prallen Sonne, keuchend und schwitzend und mausbeinallein. Abgesehen natürlich von dem Geier auf dem Kaktus. Und der ausgiebigen Sündenvesper auf seinem Buckel, aber von beiden war selbstredend keine Hilfe zu erwarten.

Man mag dem Protagonisten an dieser Stelle eine fähige Fee wünschen, aber natürlich war keine da, grad wie im echten Leben nur selten eine gute Hexe auftaucht, wenn man dringend eine bräuchte.

Doch zum Glück ist unser Göck ein hartnäckiger Held und deshalb sagte er zu sich selber: «Göck, es sieht grad ziemlich scheisse aus für dich, also gib alles, um deinen bescheidenen Pelz zu retten.»

Sich heftig schüttelnd, entledigte er sich der Lasten auf dem Rücken und traute seinen Augen kaum, welch königlich Sündenregister vor seinen Augen auf den Wüstenboden purzelte!

Und zum ersten Mal kam Göck der Verdacht, dass der ganze Verfehlungskatalog weniger mit ihm als Bock als vielmehr mit den blütenweissen Schäfchen selbst zu tun haben könnte. Da überkam ihn eine leise Leichtigkeit und es stellte sich ihm eine mutige Frage: Was, wenn er gar kein mangelhafter Furzi war? Kein sturer Bock und kein Sorgenkind? Sondern ein stinknormaler, liebenswerter Geissbock? Und da gesellte sich zur Leichtigkeit die Heiterkeit und Göck setzte seinen Weg durch die Wüste fort, zuversichtlich und darauf vertrauend, dass am Ende dieses beschwerlichen Ganges ein neuer Anfang auf ihn warten würde. Und tatsächlich erreichte Göck am siebten Tag seiner Wanderung eine Oase, an deren Eingangstor folgende Inschrift geschrieben stand:

«Wir gehen zur Stadt der Zukunft», sprach das Leben. Daraufhin bat ich: «Hab Mitleid mit mir, o Leben. Ich bin schwach, meine Füsse sind wund, und meine Kräfte verlassen mich.» Doch das Leben erwiderte: «Geh nur vorwärts, mein Freund. Zögern bedeutet Feigheit. Und es ist eine Torheit, stets auf die Stadt der Vergangenheit zurückzublicken. Sieh nur, die Stadt der Zukunft winkt.»

Khalil Gibran

Da tat Göck einen formvollendeten Sprung und trat - ohne zurückzusehen - in die Stadt der Zukunft ein.

«So ist es gut.», meinte zufrieden der kleine Wassermann und wäre vor Erleichterung beinahe sofort eingeschlafen.

«Du Mama», fügte er jedoch gähnend noch an. «Ist der Göck nun ganz allein in der Stadt der Zukunft? Ich meine, es wäre doch schön, er hätte eine Familie oder einen Freund oder am besten beides.»

Und die Flussfrau küsste ihren Sohn und antwortete: «Mein lieber Schatz, überliefert ist nichts, zumindest hat man bis heute keine weitere Pergamentrolle gefunden. Aber ich bin mir sicher, dass in der Stadt der Zukunft eine ganze Herde bunter Böcke auf ihn wartete!»

Da lächelte der kleine Wassermann und sagte: «Ich habe dich unendlich lieb, Mama!» Und das Herz der Flussfrau machte einen göckschen Sprung und sie sagte: «Ich dich auch, mein kleiner Wassermann, und wie!»

27. A Lucca, amore mio

Wir sassen auf der grossen Piazza in den warmen Mauern von Lucca, die Luft roch nach Zypressen und Olivenöl. Köstlich kitschig die Kulisse und friedlich fröhlich die sommerliche Stimmung.

Und dann standst du auch schon auf die Bühne, pünktlich, wie seit Jahrzehnten. Und doch war da irgendetwas anders: Deine Bewegungen langsamer und verzögert und deine bis anhin so schlanke Statur breiter, aufgedunsen gar. Und auf der Grossbildleinwand sah ich, gestochen scharf, einen alten Mann.

Aber dann begannst du zu spielen und wenn du spielst, spielst du noch immer wie ein Gott, nur besser eben! Auch deine Stimme hat noch immer die Kraft deiner jungen Jahre. Und ganz nebenbei hattest du an diesem Abend das Repertoire einzig und allein für den grossen Wassermann und mich zusammengestellt, wie aufmerksam und lieb von dir!

Und in einer Songpause, dann sprachst du von Pensionierung. Und davon, dass dich das Touren zusehends ermüdet und die Zeit gekommen ist, daheim zu bleiben und sich in einem bequemen Sessel ein

Bierchen zu gönnen. Scherzend kam das daher, unaufgeregt natürlich, wie es deine Art ist. Aber ich wurde hellhörig und den Verdacht nicht los, dass du vielleicht krank bist. Und mir wurde klar, in einem einzigen schmerzhaften Moment, dass du eines Tages nicht mehr da sein könntest. Weg von dieser Welt. Weg von mir. Und ich zurückbleibe. Mit gebrochenem Herzen.

Ohne den liebevollen Vater meiner Träume und Sehnsüchte, dessen Klänge mich getröstet haben, wenn ich traurig, suchend oder gar verzweifelt war. Welche mich aber auch fliegen liessen, wenn ich Freiheit suchte und mutig war und zu neuen Ufern aufbrach. Oder mich aufrecht gehen liessen, wenn man mich klein machen und von meinem Weg abbringen wollte. Und welche mir bis heute wohlwollend zuflüstern, es ist alles gut, so wie es ist!

Und während mich diese Gedanken ganz elend und glücklich in einem machten, stimmtest du «Sailing to Philadelphia» an und gemeinsam mit deinen hochkarätigen Musikern verwandeltest du Lucca in ein Paradies oder immerhin in ein Fleckchen Erde, welches dem Paradies erstaunlich nahe.

Mein Gott, Mark, ich verdanke dir und deiner Kunst so unendlich viel, ihr zwei habt mein Leben nicht nur begleitet und beseelt, sondern mich immer wieder heim gebracht! Zuverlässig und zuversichtlich.

Grazie infinite!

«Ich glaube, wir sehen ihn heute zum letzten Mal»,
sprach der grosse Wassermann aus, was wir in jenem
Augenblick beide dachten. Und wie du als Zugabe
«going home» spieltest, lagen wir uns weinend in den
Armen.

28. Home-Office
(Ein Corona-Blog)

Normalerweise hat die Flussfrau das Büro ja für sich allein. Aber seit das Virus umgeht, verschanzt sich der grosse Wassermann darin und hält von morgens bis abends seine Telefonkonferenzen ab. Natürlich ist auch die Suite des jungen Wassermanns 24/7 besetzt, Skype, Facetime, online Unterricht, «bitte nicht stören, gell Mama!»

So zügelt die Flussfrau ihre Bücher und den Laptop halt auf den Esstisch. Viel hat sie aktuell ja ohnehin nicht vorzubereiten, die Schule ist, oh Jammer und Elend, geschlossen. Und trotzdem muss man sich ja ausbreiten, ein bisschen Heimat finden in all dem Neuen und Unfassbaren. Und kaum hat sich die Vertriebene eingerichtet, streckt der junge Wassermann den Kopf aus seiner Suite und ruft mit Nachdruck:

«Mama ich habe Hunger!» Also räumt die Flussfrau ihre sieben Sachen wieder vom Tisch und kocht als untadelige Ehefrau und Mutter eine zünftige Schüssel Pasta. Doch die schätzt nur der Wassermann im Wachstum, der andere will lieber «Blevita und nur zwei drei davon und grad im Stehen», sonst werde er zu fett und zudem sei in zwei Minuten Konferenz mit Spanien.

Und wie die Herren der Schöpfung beide auf ihre Art satt und die Küche poliert, räumt die Flussfrau ihr Hab und Gut wieder auf den Tisch und denkt, das Beste für sie sei wohl, ein bisschen zu schreiben. Abzutauchen in ihre Geschichte von dem Esel und dem Podere in Italien, auf dem in ihrer Geschichte kein Virus wütet und alles friedlich ist, grazie alla forza della fantasia.

«Ein Kaffee wär jetzt super, und hat's vielleicht noch etwas Süsses?» Der grosse Wassermann ist bereits aus Spanien zurück und Reisen macht bekanntlich Hunger. Und natürlich hat es beides, Kaffee und Gutzi und der Laptop der Flussfrau wandert somit wieder von der Tafel. Viel Zeit für Gemütlichkeit hat der Gatte jedoch nicht, der nächste «Call» steht an, diesmal sozusagen um die Ecke mit Bern.

Und so sitzt die Flussfrau alsbald wieder allein am Tisch, geradezu entwurzelt, wie sie voller Mitgefühl für sich selbst erkennt. Und als sie seufzend erneut ihren Laptop installieren will, ist es dem jungen Wassermann just in diesem Moment «langwilig ums Muul umme» und er fragt, ob im Flussbau nicht allenfalls ein klitzekleines z'Vieri zu haben sei.

Da knallt die Flussfrau ihre Kiste zurück auf ihr

Stuhlasyl und meint säuerlich, aber natürlich doch, sie habe ja nichts anderes zu tun, als von morgens bis abends die italienische Mamma zu mimen. Der grosse Wassermann, der bekanntlich Ohren hat wie ein Luchs, ruft daraufhin direkt aus der Leitung mit Bern, ob denn auch alles in Ordnung sei in Augst?

Nein, nichts ist in Ordnung, adesso basta, ich will einen eigenen Arbeitsplatz und zwar sofort, oder ich fange an zu meutern!» So die pathetische Antwort della mamma der dritten Generation.

Nun, eine meuternde Mutter kann kein Wassermann gebrauchen, schon gar nicht in Zeiten von Corona. Und so wird der Flussfrau schnell und unbürokratisch der Balkontisch als Bürotisch zugesprochen und umgehend in der guten Stube in einer ruhigen Ecke installiert.

Ganz selig sitzt die Flussfrau nun in ihrem neuen Bürozuhause. Und der Kaktus, den ihr der junge Wassermann mit den Worten «gleich und gleich gesellt sich gern» hingestellt hat, scheint ihr die passendste Büropflanze überhaupt.

Und so sind die Polpette con Verdure auch an diesem Abend mit Liebe zubereitet. Wie immer. Und wie immer am Abend essen alle mit Appetit. Und das ist dann ein Stück Heimat für alle.

29. Trattoria «da Tiziano» (Ein Corona-Blog)

Die Fantasie ist ein kostbar Gut, vor allem in Zeiten, in denen die Welt aus den Fugen gerät.

Und so erzählt man sich im Flussbau derzeit vermehrt Anekdoten und Geschichten. Einige davon nehmen es mit der Wahrheit nicht so genau, andere sind gar frei erfunden. Alle aber haben sie eine wohlig warme Wirkung auf Körper, Geist und Seele.

«Liebe Männer, mir kam da eine fantastische Idee für ein neues Projekt at Home», kündigt die Flussfrau gänzlich unbescheiden ihren allerneusten Einfall an: «Wir spielen Restaurant!»

«Oh je», feixt der junge Wassermann und «soso», brummt der grosse.

«Doch, das ist lustig», schwatzt die Flussfrau unbeirrt weiter: «Einer von uns mimt den Koch und die beiden andern essen dann bei ihm, also sozusagen auswärts, als wär's im Restaurant».

«Das ist cool, ich bin dabei!», lautet die überraschend schnelle Antwort des Jungspunds. «Heute Abend Punkt sieben, Trattoria «da Tiziano», ich reserviere euch einen Tisch am Fenster.» Er macht gleich Nägel mit Köpfen.

Und so stehen die Flussfrau im Frühlingskleid und der grosse Wassermann im edlen Hemd um neunzehn Uhr als Gäste vor ihrer eigenen Wohnung. In der Hand eine gute Flasche Roten aus dem Keller. Denn laut Gastgeber gibt es im «da Tiziano» nur Wasser und Cola, der Zapfpreis für allfällige Alkoholika sei jedoch bescheiden.

Lo chef persönlich begrüsst die Gäste am Eingang, ein junger, sympathischer Kerl in farbiger Küchenschürze. «Irgendwo habe ich den schon gesehen, ich bin mir sicher, der wird uns nach allen Regeln der gastronomischen Kunst verwöhnen», witzelt der grosse Wassermann.

Und in der Tat hat der Juniorchef dem Flusspaar den besten Tisch freigehalten und geschmackvoll gedeckt. Gar eine Kerze brennt und die Servietten sind aufwändig gefaltet. Wasser und Wein werden zuerst der Dame und dann dem Herrn gereicht und danach verzieht sich der aufmerksame cameriere mit höflichen Worten in die Küche.

Und natürlich ist die Flussfrau selig über ihren so liebenswerten und erfindungsreichen Sohn. Und offensichtlich geniesst der grosse Wassermann das dolce far niente und den edlen mitgebrachten Tropfen.

«Oggi si mangia il pollo al curry piccante! Con riso Basmati, buon appetito signori!» Das Menü wird schnell und ohne Federlesen serviert und erstaunt mit seinem asiatischen Auftritt. Aber was soll's, Pasta kann man in jeder hundskommunen Trattoria essen. Indisches Huhn hingegen gibt's eben nur «da Tiziano».

Und weil in dieser ganz besonderen Trattoria der Chef sich gleich zu den Gästen setzt, als kenne er sie seit eh und je, kriegt sie in der Bewertung gleich einen dritten Stern dazu.

«Dafür mache ich jetzt die Küche, mein Schatz», vergisst die Flussfrau vor lauter Freude komplett ihre Rolle. «Also Signora, ich muss Sie doch bitten!» Kein Gast hat je sein Geschirr bei uns selber abgewaschen», lacht der junge Wassermann. Und so verabschieden sich die Signora und ihr Gatte mit viel Lob und dem Versprechen, das edle Haus bald wieder zu beehren.

«Nächsten Samstag kommt ihr in Steffs Stübli, aus zuverlässiger Quelle weiss ich, dass es noch zwei Plätze frei hat und die Rösti 1A ist», spasst der grosse Wassermann.

«Und in zwei Wochen, reserviert ihr in der Brasserie «Chez Corinne». «Allerdings hat die Köchin dort keine Ahnung von französischer Küche. Allenfalls müsst ihr mit einem «brasato alla nonna Adelina» Vorlieb nehmen.»

Natürlich lieben die Wassermänner den brasato und die Flussfrau liebt die Rösti und somit werden zweifellos alle drei Lokale in Michelins Sternengeschichte eingehen.

Und Sterne hat es an diesem Abend auch jede Menge am Himmel, wie König Kimi und sein Rudel die letzte Runde durch den Hafen drehen. Und das fühlt sich dann so friedlich an, als lebten wir in stinknormalen Zeiten.

30. Corona Cut
(Ein Corona-Blog)

Es war nur eine Frage der Zeit, bis wir hier im Flussbau alle ein haariges Problem haben würden.

Und tatsächlich ist der grosse Wassermann als Erster vom wuchernden Wildwuchs befallen. Kein Wunder, das letzte Mal, als er seinen Fuss in einen Coiffeurladen setzte, schrieb man das Jahr 2019.

«Ich sehe aus wie ein böser Waldschrat, die Haare müssen ab, und zwar am besten jetzt.»

«Kein Problem, ich mach das», bietet sich die Flussfrau gleich selber an und will umgehend im Büro die Schere holen.

«Also, ich weiss nicht so recht», druckst der grosse Wassermann herum. «So was kann auch mächtig schief gehen.»

«Und wie das schief gehen wird! Schau die nur die Föteli aus meiner Kindheit an. Alles schief, ein

Verbrechen auf Kinderhaupt ist das!», mischt sich wenig diplomatisch der junge Wassermann ein.

In der Tat sprechen die Fotos des kleinen Wassermannes nicht für die Figaro-Künste seiner Mutter. Abenteuerlich stand dem Kleinen das schüttere Haar damals in allen Längen vom Schädel.

«Das war auch schwierig! Du hattest ja nur zwei, drei dünne Härchen auf dem Kopf und stillgehalten hast du auch nie. In den vollen Locken meines Liebsten hingegen kann man gar keinen Schaden anrichten.»

«Ich will aber nicht, dass ihr in meinen Haaren rumschnipselt, das sieht am Ende aus, als hätten die Mäuse sie angefressen. Der Kopf wird rasiert, das ist die schnellste und sauberste Lösung.» Ganz offensichtlich ist die Frisur des Liebsten nicht verhandelbar.

«Also scheren werde ich dich nicht, du bist schliesslich mein Mann und kein Schaf», zieht die Flussfrau leicht verschnupft von dannen.

Und natürlich halten die Männer zusammen und beschliessen unisono, die Verantwortung des Barbiers in die Hände des jungen Wassermanns zu legen. Mann einigt sich auf 6mm und darauf, die Maschine umgehend anzusetzen. Und so rasch der Entscheid gefasst und in die Tat umgesetzt, so schnell gibt der Rasierer in der üppigen Mähne seinen Geist gleich wieder auf.

«Zuwenig Kapazität», meint fachkundig der Friseur und betrachtet den rauchenden Rasierer.

«Mach weiter, das muss jetzt einfach gehen», antwortet nervös der mit der Schneise am Kopf.

Da wittert die lauschende Flussfrau ihre Chance und ruft triumphierend aus dem Büro:» «Wusst' ich's doch, man muss das Haar zuerst kürzen!»

Der junge Wassermann zwinkert dem grossen listig zu und ruft zurück: «Könntest du das vielleicht übernehmen, cara mammina?»

«Aber natürlich, meine Lieben», geht die Mama ihren Männern auf den Leim und eilt, die Schere in der Hand, frohgemut zu Hilfe.

Und so legen im Flusssalon gleich zwei Fachkräfte Hand am Kunden an: Die Mutter, die sich mit der Schere den Weg durch die Lockenpracht ihres Gatten bahnt und der Sohn, der ihr mit dem Rasierer folgt. Und nach dieser ausserordentlichen Teamarbeit ziert tatsächlich eine akkurat geschnittene Bürste das Haupt des grossen Wassermannes.

«Sehr schön», meint dieser zufrieden mit Blick in den Spiegel.

«Total cool, das will ich auch», antwortet der Jungspund begeistert.

«Zwei der drei Haarprobleme hätten wir sodann gelöst», fasst der Wassermann sachlich zusammen und blickt erwartungsvoll auf seine Flussfrau:

«Und für die Lösung des dritten, sorge ich gleich selber: Ich hab da gestern auf You Tube so ein Filmchen gesehen, *«Stufenschnitt bei langem Haar, sei dein eigener Hairstylist!»* Liebe Männer, das geht ganz leicht, da kann nichts schief gehen, ein Kinderspiel ist das!» Und rauscht, bevor die Einwände auf sie einprasseln, beschwingt mit ihrer Schere ins Bad.

Aber da beginnt jetzt schon eine neue Geschichte…

31. Glücklicher Hund
(Ein König Kimi-Corona-Blog)

Liebe Freunde, sozusagen aus dem Nichts hat sich mein Leben komplett verändert und das genau in die richtige Richtung!

Nicht dass es vorher hundslausig gewesen wäre. Nein, das wäre jetzt doch übertrieben und meinem Rudel Unrecht getan. Nur, königlich war es aus Hundesicht eben auch nicht jeden Tag, obwohl die Flussfrau sich gerne damit brüstet, ich sei mit dem goldenen Knöchlein im Fang geboren.

Dabei übersieht sie allerdings grosszügig, wie viele Stunden ich als absolutes Rudeltier hundsbeinallein verbringe. Das geschieht stets dann, wenn sie in ihren schicken Stiefelchen das Haus verlässt und tröstend meint: «Kimeli, ich bin gleich wieder da.» Freunde, wie sehr ich diese Treter hasse! Schon wenn die Flussfrau sie anzieht, wird mir jeweils ganz einsam ums Herz. Aus irgendeinem Grund bleiben die schrecklichen Schuhe aber seit geraumer Zeit im Schrank verschwunden. Nur einmal noch hat sie die Flussfrau hervorgekramt, verträumt angeschaut und geseufzt: «Was freue ich mich, wenn ich die wieder anziehen kann!» Also wenn's nach mir ginge, könnten die zwei

Schlappen auch im Schaft vergammeln.

Ganz andere Gefühle jedoch hege ich für ihre rustikalen Schuhe, die mit dem dicken Profil. Wenn sie diese schnürt, so weiss ich, ich bin mit von der Partie und die Partie wird lang und aufregend und eines Königs würdig. Und genau solche Ausflüge finden jetzt täglich statt, ich sage euch, es ist vom Feinsten. Über Stock und über Stein, unterwegs ein paar Übungseinheiten Parcours und Apport, eine runde Sache ist das. Seltsam ist einzig, dass wir dabei um alle Zwei- und Vierbeiner einen grossen Bogen machen. Aber wie ihr wisst, begegne ich meinesgleichen sowieso am liebsten auf Distanz.

Auch ansonsten ist es aktuell stinkgemütlich im Flussbau: Alle Zimmer sind (auch tagsüber) besetzt und ich kann mir aussuchen, bei wem ich mich nach der Wanderung erhole. Meist penn ich auf dem Schoss der Flussfrau. Wenn mir langweilig wird, pack ich meinen Ball und geh zum jungen Wassermann spielen. Den Knochen hol ich mir hingegen beim grossen Wassermann ab, der ist mit der Büffelhaut am freigiebigsten.

Zudem essen meine Zweibeiner plötzlich dreimal täglich. Sprich dreimal am Tag fällt mindestens ein Leckerli zu mir runter. Obwohl alle einstimmig behaupten, mich nicht vom Tisch zu füttern. «Hört mal auf, den Hund zu mästen, der wird noch kugelrund», bemerkte neulich die Flussfrau. Ausgerechnet sie, die mir am meisten zusteckt. Aber natürlich kann sie sich sicher sein, dass ich sie nicht verrate. Der grosse Wassermann antwortete, ich sei noch immer rank und schlank und zudem sei ein Quarantänebäuchlein momentan total in Mode. «Wo du recht hast, hast du recht», meinte die Flussfrau und tätschelte ihren eigenen Bauch. «Ab morgen gehen der König und ich wieder regelmässig joggen.» Und auch diese Aktion ist dann ganz nach meinem Geschmack.

Keine Ahnung Freunde, was das Wort Quarantäne bedeutet. Wenn es aber das ist, was mir seit geraumer Zeit im Flussbau widerfährt, so will ich für immer und ewig in Quarantäne bleiben.

Euer Kimi Felice

Lust auf weitere Flussgeschichten?

www.corinnemaiocchi.ch

Die Autorin

Corinne Maiocchi wurde 1965 in Basel als Bücherwurm geboren. Sie war zehn Jahre als Sortimentsbuchhändlerin tätig und studierte anschliessend Deutsch, Italienisch und Didaktik an der SAL (Schule für angewandte Linguistik) in Zürich. Seither ist sie schreibend und unterrichtend unterwegs. Sie liebt ihre Wassermänner und den König, Musik von Mark Knopfler und das Leben im Allgemeinen.

Bereits von ihr erschienen:

- «Schwerelose Tage oder Alessandro und ein viel zu kurzes Leben» Edition Vito von Eichborn
- «Chemo, Holzbein und sonst viel Leben» Fona
- «Unser Löwe aus Ugudada» BoD
- «fand Anna» munda
- «Fried im Kopf» Islandbooks (1. und 2. Auflage) und BoD (3. Auflage)
- «Der verschwundene Herr Nanni» BoD, Schreibwerkstätte freies Gymnasium Basel, die Piloten/Maiocchi